走进清溪：
当代青年大学生眼中的文学村庄

◎ 主编 邹 理

中南大学出版社
www.csupress.com.cn
·长沙·

图书在版编目（CIP）数据

走进清溪：当代青年大学生眼中的文学村庄／邹理
主编. --长沙：中南大学出版社，2025.4.
ISBN 978-7-5487-6194-5

Ⅰ. I25

中国国家版本馆 CIP 数据核字第 2025VV1280 号

走进清溪：当代青年大学生眼中的文学村庄

ZOUJIN QINGXI：DANGDAI QINGNIAN DAXUESHENG YANZHONG DE WENXUE CUNZHUANG

邹理　主编

□ 出 版 人	林绵优	
□ 责任编辑	彭辉丽	
□ 责任印制	李月腾	
□ 出版发行	中南大学出版社	
	社址：长沙市麓山南路	邮编：410083
	发行科电话：0731-88876770	传真：0731-88710482
□ 印　　装	广东虎彩云印刷有限公司	

□ 开　　本	710 mm×1000 mm 1/16	□ 印张 11	□ 字数 121 千字
□ 版　　次	2025 年 4 月第 1 版	□ 印次 2025 年 4 月第 1 次印刷	
□ 书　　号	ISBN 978-7-5487-6194-5		
□ 定　　价	68.00 元		

序言

清溪村，位于湖南省益阳市赫山区谢林港镇，是中国文化名人、现代著名作家周立波先生的故乡，享有"山乡巨变第一村"的美誉，是益阳市"文学之乡"的一张亮丽名片。1908 年 8 月，立波先生出生在这里的一个中农兼自由职业者家庭。20 岁时，他远赴上海求学，并且加入了中国左翼作家联盟，翻译了不少国外进步文学作品。1955 年 9 月，他回到家乡，投身农业合作化运动，与农民同吃同住同劳动，并以此为原型，创作了长篇小说《山乡巨变》。

立波先生在《山乡巨变》中写道："我要经我手把清溪乡打扮起来，美化起来，使它变成一座美丽的花园……"这些年来，清溪村乘着全面实施乡村振兴战略的东风，全面加强基层组织建设，融合发展农文旅产业，着力提升乡风文明，建设生态宜居和美乡村，向着实现共同富裕的康庄大道阔步前进。如今，立波先生笔下的愿景已经成为现实。走进清溪村，青石小路、白墙青瓦、荷塘月色相映成趣，田园风光和现代产业融为一体。特别是点缀其间的一座座文学书屋，随着微风轻拂，散发着浓浓书香，显露出这座文学村庄的深厚底蕴。

2024 年暑期，在益阳市委组织部的大力支持下，中南大学人文学院的 8 名优秀学子走进清溪村，开展了为期 2 个月的"党建领航·山乡巨变"调研实践。他们像立波先生当年那样，深入田间地头，贴近群众生活，用心用情感受清溪村的点点滴滴，体悟蕴含其中的自然之美、人文之美、发展之美和精神之美，收获良多。调研实践结束后，他们把这段经历用文字记录了下来，冀此展示他们眼中的清溪村。或许，他们的笔触还有些稚嫩，他们的辞章还略显单薄，但这丝毫不影响他们表达对清溪村的向往，对攀登文学高峰的渴望。

习近平总书记强调，反映时代是文艺工作者的使命。清溪村的"山乡巨变"只是新时代以来中国农村现代化进程的一个缩影。走进它，人们看到的不仅仅是清溪村的日新月异，更是无数个"清溪村"的可期未来。而"清溪村"也希望，能有越来越多的人走进它的怀抱，去感受、去聆听、去体悟，去把它和它所处的时代悉心记录。或许，每个人眼中有着不一样的"清溪村"。

是为序。

编者

2024 年 11 月 27 日

目录 Contents

时光里的清溪：乡村振兴的诗意画卷

初见清溪，是南方三月的幽静烟雨

再访清溪，是盛夏时节的热烈骄阳

初春三月的清溪，略带寒意却又充满生机，在细雨编织的珠帘内宛若一卷古旧的诗书，朦胧又不失灵性。从村口缓缓摊开这卷古书，被雨水冲刷过的群雕，显得更加深沉而富有质感。柏油路上的水洼，像一面面不规则的镜子，映照着神秘的路标，引人探寻。两旁的书屋悄然伫立，似在诉说岁月的故事。溪流潺潺，雨中的涟漪像律动的舞者一般优雅和谐。雨后的空气里弥漫着雨水、泥土与植被混合后特有的芬芳。远处的青山与天边缭绕的云雾融为一体，静谧地环抱着这片古老的村落，漫步于此，仿佛时间都变得缓慢。这是我初至清溪之所见。

盛夏七月的清溪，则洋溢着生命的蓬勃与热烈。如果说春天里的清溪像含蓄婉约的古书，那么夏日下的它则化作激昂跳跃的音符。与城市相比，这里依旧显得安静。但也许是天气炎热的缘故，在感受着

夕阳下的清溪村一角

炽热的同时，人们也都以热情相应。干净的柏油路纵穿至村落深处，潺潺溪流和两旁的香樟树在阳光下交相辉映，火车偶尔驶过的轰鸣声、繁茂枝叶间的蝉鸣声、傍晚此起彼伏的蛙声，交织成一曲独特的自然乐章。荷叶田田，铺满了池塘；荷花亭亭玉立，有的含苞，有的已然绽放；稻田里的禾苗挺拔翠绿；白日的天空湛蓝，日落西山时又如同大自然最炫彩的调色盘。

在清溪村调研的两个月里，我最觉幸福的时刻便是每一个有风的夏夜。晚饭后，村子会变得比白天更宜人也更热闹。朝着村口大桥墩的方向走，运气好时，我会看到绿皮火车划过粉紫色天空的梦幻场景。这时候，小朋友们、大朋友们会兴奋地一边跑一边喊："出来看云啦！抓火车啦！"夜幕降临后，天空中的点点星光会越来越闪亮，村里随处可见结伴散步或跳舞的娭毑、坐在屋前乘凉的嗲嗲。我们时常与他们攀谈，听他们说过最多的一句话就是："现在的清溪村还是蛮舒服的嘞！"游客到这里参观之后都会感慨："生活在这里该是一件多么幸福的事情！"

两次来到清溪村，我们都有非常新奇的体验。在不同时节、不同气候下，无论是初春的静谧还是盛夏的热烈，清溪村给人带来的感官变化，似乎也印证着这个古老的乡村这么多年来的改变。它以独有的方式，诉说着岁月的更迭与变迁。这些变化不仅仅是季节变化的展现，更是乡村振兴战略深入实施的结果。当乡村振兴的春风悄然吹拂过这片土地，新的生机与活力便被注入。从传统农村到现代农村，再到湖南省省级乡村振兴示范创建村和文学村庄，作为"山乡巨变第一村"的清溪村已经焕然一新。

蜕　变

过去的清溪村似乎只存在于老一辈的记忆里。于是，在央视节目《山水间的家》拍摄过的院子里，我们拜访了老共产党员邓春生。面积不小的农家复式小院坐落在清溪村辅干道路边，此前路过的时候，我们便被一角的小花园深深吸引。这次走进院子，我们才觉得"山水间的家"实至名归！

干净整齐的院子里有一个庇荫的好地方。在凉棚下，有一条长长的木桌和几张现在很少见的老式实木靠椅，邓春生热情地给我们倒上家里自制的金银花茶。这位瘦瘦高高的爷爷年过花甲，年轻时当过拖拉机司机，参与过挖金矿，也是20世纪90年代第一批乡镇企业员工，还参与过修建茅草街大桥、益宁城际干道，现在是村民小组的组长。虽然他一见面就说："我不是很会表达，普通话也不好"，但从夹杂着益阳口音的普通话里，我依旧听出了乐于分享的热情和真诚。

"我们家门前的这条路，在20世纪90年代的时候还只是一条泥巴路，即使可以跑手扶拖拉机，人们也都不愿意跑。这条路到2008年才浇了水泥，又到2018年才变成柏油路。"谈起过去的清溪村，他的第一反应就是家门口变化最大的这条路。

清溪村的变化是每一位土生土长的清溪人有目共睹的。实际上，以泥土路为参照物，周围的一切都在发生着变化：杂错分布的平房变成了白墙黛瓦的整齐院落，不规则的田间地头改造成了生机盎然的百

邓春生在自家养鸡场劳作

亩荷花池，漆黑的道路装上了明亮的路灯，简陋破旧的村口牌坊换成了精美独特的群雕，只能外出务工的村民们也拥有了"家门口"的工作……

"以前的清溪村是'衣无领，裤无裆，三餐光只喝米汤'，现在则是小汽车、小楼房，村里发生了巨大变化。"邓春生用戏谑的方式说出了他眼中清溪村的变化。当我们问及"对现在的清溪村满不满意"的时候，他自豪地说："不说我满不满意，就是整个清溪村的村民都是满意的！我还想总结成这样几句话——享了共产党的福，沾了周立波的光，尝到了山乡巨变的甜头，铆足了乡村振兴的干劲。这是我们清溪村人的一个共同的感受。现在，每家每户的房子都建得漂亮，人也都有事做，生产生活也都有保障。"

正如邓春生所言，清溪村"享了共产党的福，沾了周立波的光，尝到了山乡巨变的甜头"。这份幸福来源于《山乡巨变》，来源于周立波，更来源于以习近平同志为核心的党中央着眼党和国家事业全局作出的重大决策。

基　石

清溪村首批建设的3座书屋之一的立波书屋，可以算是我们调研两个月里去的频次最高的地方。此外，我们也经常到作家出版社书屋坐坐。

在热闹的立波书屋里，我们听土生土长的清溪人卜雪斌说："我们

这个村子在新中国成立以后的第一次富裕，就是源自立波先生，是立波先生在这里打好底子，日子才会过得好一点。"激动地说出这句话的时候，他的神情中饱含尊敬和感激。"在20世纪五六十年代，我们村里的每个人都是吃不饱饭的。那个时候缺少粮食，村民常常以水煮辣椒、水煮白菜充饥，这就是清溪村的生活。在那样的条件下，立波先生选择回村与农民同甘共苦，还捐出稿费，建梨园、建养殖场、种茶树。所以，清溪村的第一次富裕是立波先生带来的，是他带领村民走出贫困的。"卜雪斌告诉我们，立波先生在清溪村的事迹，是他从书中看来或听老人说来的，但这些道理是他自己悟出来的，而他亲身经历的是改革开放以来特别是新时代以来清溪村发生的日新月异的变化。

作家出版社书屋虽然也在道路边，却显得恬静。每当有游客到来的时候，书屋主人就会非常热情。老支书邓仁佑的儿媳妇作为书屋管理员，非常贤惠能干。我们每次去都不会空手而归，有时候是几盒自种自制的果脯，有时候是几杯加满料的擂茶，抑或是几盘自己腌制的咸菜。

这一次，我们是去专门拜访邓仁佑老支书的。也许是听说有客人要来，我们到的时候，他着装正式，穿着西装裤和皮鞋，手里拿着保温杯，看起来温文儒雅。老支书个子不高，但气场很强，今年虽已76岁，但依旧精神矍铄，说起话来也是中气十足。从1973年到1983年，他在邓石桥公社的石桥大队当党支部副书记兼会计。20世纪80年代，他在邓石桥乡办企业当党支部书记。1987年，他回到石桥村（即清溪村）担任党支部书记，直至2012年离任。

谈到过去的经历和清溪村的发展，老支书的语速慢悠悠的，记忆

在作家出版社书屋采访邓仁佑老支书

像编年史一样清清楚楚："我回来的时候，正是家庭联产承包责任制的完善阶段。那个时候，村里主要抓粮食生产，也有一些水利建设。家庭联产承包责任制真正开始是在 1980 年以后，分田到户之后，每家每户自主经营，这才真正实现了家家户户吃饱饭的目标。"

"到了 1990 年，我们就开始搞乡镇企业发展，成立了建筑公司，还开了联营商店，办了锅厂、轧钢厂等。"想起最初的建设工作，老支书略显沉重。紧接着，他又说："在这之后，我们村里就开始挖矿、挖黄金。那个时候，人们为了一些利益，经常产生冲突，甚至可以说秩序比较混乱。环境污染问题也很严重，一些废水从上游流到清溪渠里面，导致我们的农田受到影响。另一方面，村里挖黄金的时候全民皆兵，十多岁的娃娃也辍学来挖金，这样的情况持续了十多年。在这十来年里，'淘金'虽给清溪村的经济带来了很大改善，但也带来了环境污染。"

在清溪村目前的中老年群体中，随便找一个问问是否参与过"淘金"，都会得到肯定的答案。他们说自己即使没有真正进入矿山里大规模开采过，也在小河沟或者开采地四周洗出过或捡到过原始的黄金矿石。

尽管时间已经过去了二三十年，老支书回忆起来仍历历在目。他补充道："挖矿结束后，我们村委就开始搞'两抓一稳'建设工作。'两抓'就是'抓粮食生产、抓企业经济'，'一稳'就是'稳定社会秩序'。与此同步的是，我们每年都在搞水利设施建设和污水治理，恢复生态环境。"

令我十分诧异的是，年迈的老支书回忆具体的时间节点甚至比年轻人还准确！他继续不紧不慢地跟我们介绍："2006 年左右，国家开始搞社会主义新农村建设。2007 年，清溪村开始修建村内主要道路。此后，清溪村的发展就以桃益公路（益阳到桃江）为界。桃益路以南主要配合益阳高新区，搞产业开发（由市里统筹开发，叫作产业园），以北就依靠周立波故居的文化品牌，搞乡村生态旅游开发。这还是由我们村委研究出来的发展思路。"说到这里，老支书非常骄傲。

"后来，市委书记来考察，给我们提了三点要求。我还记得，他说的第一是要搞一个社会主义新农村建设的示范村，第二是要建一个 4A

级的乡村景区，第三是要努力把周立波故居建设成为国家级文物保护单位。"说到这里，老支书欣慰地笑了："前两个目标都实现喽，就是那'国保'还没批下来。"

2008年9月15日，"山乡巨变第一村"正式开园，累计接待省内外游客逾100万人次，荣获国家4A级旅游景区、中国幸福村、首批中国乡村红色遗产名村、中国特色村等国字号品牌荣誉，并在同年获得了湖南省新农村建设示范点、湖南省农业旅游示范点、湖南省省级生态村等8个省级荣誉。

邓仁佑老支书在清溪村二十五载，也和老村民委员会主任周仰如搭档了二十五载。他们不仅仅是老村干部，更是村庄的建设者和掌舵人。从家庭联产承包责任制到社会主义新农村建设，再到国家4A级景区和省级示范点创建，从抓温饱到谋富裕再到强振兴，清溪村经济发展的每一步、每一个印记背后，都离不开老村干部的推动。当我们说起这么多年的辛苦值得收获村民们的信任时，他也只是笑着说："当官不为民作主，不如回家卖红薯。"

提到乡村振兴，我们总会想到"乡村振兴，产业先行"的口号，而产业振兴便是清溪村的一大特色。党的二十大报告指出，要"发展乡村特色产业，拓宽农民增收致富渠道"。与传统的农耕村庄相比，这里的产业布局升级和多元化发展让村民受益颇丰，如邓春生父子探索的生态循环农业、无人智慧农场等。受周立波短篇小说《禾场上》的启发，父子二人借助新的元素，将《禾场上》的故事进行了现代续写。

那是一个午后，从一条杂草丛生的小路进去，邓春生带我们来到

11

邓春生家的"禾场上"养鸡场

了他们的家庭农场。说是"禾场"，其实是一片山丘，山下养了很多走地鸡。"我平时主要负责喂食和打理卫生，我儿子就负责环境监测、温度调适等技术活。"也许是因为来到了熟悉的主场，邓春生变得健谈起来。"你们看到的这一片都被我们承包了。这些是村里几十户人家的60亩土地和荒山，我们一次性承包下来，付了30年的租金。"看到我们惊讶的神情，他笑着说："当时很多人说我'蠢得很''万一以后有变化怎么办'，但是我觉得这个没关系。因为我如果每年付一点租金，他们拿去也没什么大用。一次性把租金给他们，他们能够拿去发挥效益，改善生活。不管政策有什么变化，我也不要他们退回来。"在那一刻，我突然明白了，这大概就是"先富带动后富"的具象化意义。

从山脚向上一眼望过去，一排排山茶花树高度整齐、枝叶团簇，其间有规律地穿插着丹桂树。看到眼前一片绿油油的景象时，我的心里不由地生出许多联想：秋风吹来时，满园丹桂飘香；冬末初春时，遍野的山茶花盛放，这景致是何等的令人神往。当我们好奇地问"为什么会想起种山茶花"时，邓春生十分有成就感地说："其实，我们是受到立波先生小说里很多情境的感染。在《山乡巨变》里茶子花开的时候，漫山遍岭都是茶子花香，我们也想看一下那是怎样的一个场景。"接着，他补充说："我们最开始是种油茶树和桂花树，还有杉树。种油茶树，我们可以榨茶籽油，桂花树就当作风景林了。我们前几年才开始养鸡。这个相当于是一个循环的生态系统，不是传统的规模化车间。"

尽管对于生态循环农业的产业发展模式，邓春生父子也还在探索的路上，但产业振兴带动乡村振兴的路上有了一个人，就会有千千万万个人。在产业富村目标的指引下，主体多元化、农民受益最大化的新路子会越闯越宽，农民走向共同富裕也将指日可待。

桥　梁

如果说经济是乡村振兴的硬实力，那么文学便是不可或缺的软实力。在清溪村，文学是底色，是资源，更是桥梁。"我们清溪村有三张名片——文学清溪、文旅清溪、文明清溪。"这句话是益阳市委领导到中南大学人文学院调研交流时说的。在清溪这片土地上，文学不仅是历史的见证者，更是乡村振兴的重要推动者。如果说文化振兴与乡村振兴之间需要一座桥梁，那么这座桥梁就是旅游产业。"乡村+文学+旅游"的特色发展之路，让村民们的腰包鼓了起来、头脑富了起来。

在清溪村调研的最初一个星期里，我们几乎每天都在探索这个让人充满兴趣的小村庄，也时常感慨如今所看到的清溪村，可谓是"书香四溢，文韵悠长"。沿着清溪路往里走，每走几步就会有一座名头不小的书屋映入眼帘，贾平凹书屋、迟子建书屋、立波书屋、莫言书屋……道路尽头的周立波故居纪念馆更是堪称清溪村的镇村之宝。清溪文旅集团的高荣经理在带着我们走进村子的时候介绍道："我们的 21 家清溪书屋，分三批建成，都是由当地村民的房屋改造而成的，现在已经形成了'一屋一特色'的当代作家或出版社冠名的书屋群落。"

"我们目前正在培育和发展新型文旅业态，比如说把文学旅行、演艺产业、农耕体验、研学科普这些融为一体。"坐在绿皮环游车上，我们仿佛置身于一个巨大的实地文学体验园。我们一边目不暇接地看着道路两边的建筑，一边听着高总细致的介绍。谁也想不到，我们到清溪村第一天他提到的那么多特色文旅项目，在后来两个月的调研里都被我们体验了个遍，如清溪剧院的《一台文学大戏》、知名作家梁晓声的现场版《清溪一课》、清溪书屋的《一次文学微旅行》、中国当代作家签名版图书珍藏馆的《一场沉浸式文学演出》……

在后来的交流中，高总告诉我们："公司计划推出特色主题活动的游览线路。也许到了那个时候，我们会在文学之旅中植入生态观光游、农耕文化体验等更多元的农旅业态。"他还向我们提供了一组数据："在 2023 年的不完全统计中，清溪村共接待游客超 120 万人次，旅游收入 1220 万元。其中，21 家书屋共接待游客 65 万人次。公司为村民提供了清溪书屋管理员、讲解员、电瓶车司机、保洁员等 100 多个就业岗位，村民人均年收入达 5 万元。全村的 30 多家擂茶馆、农家乐，40 多个农家摊点也成为文化和旅游综合体不可或缺的一部分。"我想，未来的清溪村也许会利用自身独特的文学 IP 资源优势，形成多条完整的文化和旅游服务产业链。在这个过程中，"以文塑旅、以旅彰文"的影响力将持续扩大。对于村民们来说，参与到"公司+集体+农户"的管理模式中，通过服务来美化共同的家园，这不仅是一件能够增强归属感和责任感的事，更是一件能够实现增收共富的好事！

文旅融合发展的"清溪模式"不仅让清溪村村民的腰包鼓了起来，更让他们的头脑富了起来。村民们不仅感受到了文学的魅力，更激发了对家乡的热爱与自豪，从而更加积极地投入到乡村振兴的各项事业中。从文旅清溪到文明清溪，文学的力量好似一个加速器。在推进乡风文明建设的进程中，文学已成为传承乡村记忆、弘扬乡村文化的重要载体。

还记得在邓春生家的院子里，我们聊到村里的文化氛围时，他非常自豪地说："我们清溪村有自己的'志溪诗社'嘞。大家虽然学历不高，但是在这些书屋和文化活动的熏陶中，也慢慢地提升了文化素养。"当我们问及他有没有进行文学创作的时候，他十分腼腆地笑了笑，然后很不好意思地说："我自己其实也写一些小文章，最近受省作

在梁晓声书屋采访清溪文旅集团总经理高荣（右一）

协的邀请，写了几篇回忆性的散文。"同行的小伙伴顿时来了兴趣，想要看看他的作品。在我们的一再请求下，他十分谦虚地翻开了最近写的几篇文章——《小立子》《巧云》……由于这些作品还未公开发表，我们也就没有多问细节。聊起创作，他好像打开了话匣子。"这些都是我们清溪村真实的人物，我写下来是因为我觉得他们的故事是有意思和值得记录的。"他又说道："我有一个专门的本子用来写一些东西，但被放在了禾场上（即前文提到的家庭农场），不然我一定不吝啬地拿来给你们分享！"

在拜访前，我们就早有耳闻，邓春生是村里为数不多的"草根诗人"。他谦卑地自称"农民诗人"。在 2023 年 5 月举行的中国作协"文学赋能乡村振兴"调研座谈会上，邓春生朗诵了自己写的一首藏头诗："清荷摇曳舞翩翩，溪水潺潺蛙声绵。周贫济老当乐事，立笔家山撰桑田。波澜壮阔七十载，故里旧貌换新颜。居仁循义有公序，山茶花开孕丰年。乡愁未忘胞罐地，巨著鸿篇盈万言。变化万千感党恩，文旅融合谱新篇。学子书屋品翰墨，村美花香尝果甜。"对他而言，写诗是自己真实情感的抒发，所思所想皆能成诗。他说："我的笔记本上什么都写，既有'月照清溪归晚牧，桂花香处隐农家'，也有'订单多，任务重，绿壳鸡蛋快快下'。"

当我们问他为什么会想着自己去创作的时候，他笑着说："写诗也好，写散文也好，我都是怀着一颗感恩之心。我是 60 多岁的人了，经历过非常困难的时期，现在则身处非常幸福的时代。这片地方的书屋是很大的精神财富，我们要把它发挥起来，利用起来。"

"开门闻花香，闭门闻书香"，这是卜雪斌常说的一句话，也是清溪村文学氛围的真实写照。从周立波的《山乡巨变》到如今村民"原创诗歌"的涌现，人民作家种下的文化种子，历经岁月的沉淀和发酵，终于在新时代"农民诗人"的身上发芽开花。他们未曾受过高等教育，却深深扎根于广袤的农村大地，从人民作家留下的精神财富中汲取养分，用朴实无华的语言，吟唱着来自田野深处的赞歌。

以文育人、以文兴村，当文学与这座乡村再次重聚的时候，立波先生在作品中描绘清溪村的文字，已然是眼前的真实景象。文学赋能清溪发展的故事，让人们看到了"无形"的作品如何转化为"有形"的力量，清溪村是当之无愧的独树一帜"书屋村"、声名远扬"文化村"、乡村振兴"样板村"。

风　华

除了文化富矿，清溪村的发展也离不开一支有活力的人才队伍。只有绘好乡村人才振兴的"百骏图"，以人才振兴促进乡村振兴，才能行稳致远。在清溪，我们听说了许许多多风华正茂的"90后"青年，在看到家乡新变后返乡创业，用自己的双手为家乡建设添砖加瓦的故事，也看到了年轻化的村"两委"班子、信息化的管理模式、数据化的成果展示。

出生于1992年的邓旭东就是奔跑在乡村振兴路上的"新青年"代表，我们常称他"小东哥"，为人爽朗的小东哥把我们当作同龄人。在后来的交流中，我们了解到，他毕业后一直在深圳从事钟表行业的媒体工作。直到2019年接到贺志昂老支书的电话，他才决定返乡。在回村的这几年里，青涩的他和清溪村一同成长。如今的他已经拥有了多重身份：清溪村党总支委员、宣传委员，返乡创业青年党员代表，"禾场上"家庭农场经营者，湖南省人大代表……

当我们问他为什么选择回乡的时候，他调侃说："我当时是'被骗'回来的。"然后，他半开玩笑地解释道："说'被骗'是因为当时我父亲在电话里描述的工作和我实际看到的有很大不同，村里的事务比我想象的要烦琐得多，我回来之后花了大量的时间去适应这种工作节奏和学习处理各种工作问题。"从他的语气中，我们听出了青年村干部的不容易，他又补充说："那时候正好赶上我们村的第二次提质改造，事情特别多，所以我们每天都是'白加黑'的工作模式。"虽然我们调研团队在两个月的时间里也轮流去村民服务中心值班，但受到村干部的照顾，从没体验过"白加黑"。听到小东哥说起艰辛过去的时候，我们才越来越觉得留住青年人才是乡村振兴中的一项有力之举。

"但是呢，我们一直在'白加黑'，不就说明我们村庄还有巨大的潜力吗？这个是我现在才认识到的。那个时候，我只觉得每天的工作应接不暇，压力特别大。初期，我负责党建工作，在便民服务大厅。在那个位置，我一坐就差不多五个年头。"在小东哥身上，我看到了青年人十分难得的豁达和松弛。这五年是清溪村飞速发展的五年，更是青年干部饱受历练、快速成长的五年。

正如小东哥自己所说："在清溪这片土壤里面，孕育出来的不只是文学，更是借助文学的力量，实现我们自己的梦想。在全面推动乡村振兴的过程中，你的任何困惑都可以找到答案。"所以，在做基层工作的同时，他还调动自己的职业经验，带动村"两委"充分发挥新媒体的作用，自制了《疫情防控短视频》《最美清溪》《追赶春光不负农时》等一系列宣传片。他用小视频承载大情怀，通过村级公众号、媒体网络平台，让清溪村在互联网上获得了更多人的关注，也收获了村民们的一致好评。小东哥平时还很喜欢钻研信息技术。在他们父子联手打造的生态农场里，他给鸡场里的每一只鸡都装上了"计步器"，并进行信息监测。通过数字化的管理，他得出一只鸡只有走够 150 万步，才是合格的"走地鸡"的结论。除此之外，他也在逐步摸索属于清溪村党建板块的数字化管理模式，如小程序积分制、电子信息上报渠道、村民生活分享等。"把困难梳理成案例，把所有随机的事情变成一条固定的脉络"，这是小东哥的经验之谈。

除了以邓旭东为代表的青年党员外，在清溪村走向乡村振兴的道路上，女性群体也以其强大的力量和坚韧不拔的精神，为这片土地的振兴注入了新的活力与希望。

清溪书屋的管理员们可以说是村子里每天"站岗"时间最久的一批人，而"清溪媳妇"和"清溪女儿"正是这支队伍的"主力军"。在调研的过程中，我们前后走访了21家书屋，也分别和管理员们进行了一些交流。她们有些是本地村民，有些是从外地嫁到清溪村的。但不论是本地的还是外地的，她们都日复一日地坚守在自己的岗位上，把清溪书屋的管理当作了自己的事业。

"在客流量很大的时候，我们需要提前一遍遍地熟悉讲稿，再一遍遍地为参观的游客们介绍；在游客很少的日子里，我们也需要盘点图书、检查破损、上报数据、打扫书屋。"莫言书屋的管理员是这样和我们说的："但是我并不觉得枯燥，因为每天待在这样一个巨大的'图书馆'里，空了就能拿本书来翻翻，这是让多少城市里的人羡慕的事情啊！"对于书屋管理员们来说，在书屋的工作，守护的不仅是图书，更是一个广阔的精神世界。

如今的清溪村，就像一块巨大的吸铁石，不仅吸引着各地游客，还留住了本地村民。上到村"两委"班子的青年才俊，下到村里的每一位居民，不论是保洁、保安，还是书屋管理员，抑或是环游车司机，每一位都默默坚守在各自的工作岗位上。这既是自我实现，也是为社会奉献。

韵　尾

2024年上半年，取景于清溪村的"清溪三部曲"陆续在网上播出，其中包括6集纪录片《清溪村——新时代山乡巨变》、8期综艺节目《我和春天约在清溪》、12集微短剧《有种味道叫清溪》。"清溪三部曲"以"视听＋文旅"的全新思路，挖掘特殊地域的特殊经验，呈现出了文化与自然融合的乡村振兴新样本。

我们看到，在清溪村有无数个立波先生的追随者。他们用手、用脑、用心，让这座"花园"从书稿走进现实，从日常生活步入大众视野。这是乡村振兴的群像故事，也是"山乡巨变第一村"的奋斗故事。

清溪村的故事还在继续。无论是特色产业发展，还是文学赋能振兴，当书中塑造的广阔精神世界，投射到这个绿水青山、充满诗意的村子时，一切都成了乡村振兴最生动的细节。清溪村的未来，已不是虚无缥缈的期待，而是掷地有声的叙述了。

或许，在不久的将来，我们会看到更多的年轻人选择回到家乡，用他们的智慧和热情为清溪村注入新的生命力。他们可能会带来更加先进的农业科技，让这里的稻田更绿、果园更香；他们也可能通过互联网，将清溪村的故事传播到更远的地方，吸引更多人来此体验独特的乡村文化之旅。

又或许，在某个夏日傍晚，我们能够听到更多关于文学与梦想的声音从书屋中传来。那些曾经只存在于纸页上的美好愿景，如今正被新一代的"农民诗人"以自己的方式书写着。他们或许会创作出更多赞美家乡、记录变迁的作品，让这份对土地深沉的爱得以延续。

如果有机会，我一定会邀请您来清溪村漫步，您将会感受到一种超越时光的生机与活力。在这里，古老与现代交织，传统与创新共鸣，一股温柔而坚定的力量，正悄然渗透进这片充满希望的田野。

（撰稿人：陈潞）

文化振兴绘就幸福乡村图景

　　坐落于湖南省益阳市郊区的清溪村是我国著名作家周立波先生的故乡，也是其作品《山乡巨变》的创作地与原型地。2008 年 9 月，中国首届乡村文化旅游节暨纪念周立波诞辰一百周年活动在这里举办，"山乡巨变第一村"从此正式开园。在新农村建设进程中，清溪村的发展方式、生活环境、村民生活发生了翻天覆地的变化，清溪人也逐步探索总结出以文学和旅游为核心的乡村发展新模式。2021 年，在中国作协等单位的指导下，清溪村确立了打造中国文学之乡的目标。

　　走进这座经几代人的手打造出来的"花园"，我们惊叹于其中随处可见的文学元素。两条平行的铁轨横亘于山谷间，火车呼啸驶过，桥墩上绘制着《山乡巨变》的连环画，将故事娓娓道来。沿着马路往前走，路牌上指示着建筑物的方向，贾平凹、迟子建、艾青……那些我们熟知的作家，他们的文学以书屋的形式在清溪村留存。从资江小镇出发，走过黄土高原，途经东北黑土地，再回到神秘的青藏高原，身在清溪村，脚步却已踏上了祖国的千山万水。荷塘中央，周立波带领农民

矗立在荷塘中央的周立波建社雕塑

建社的雕塑矗立着，大家露出幸福的笑容，似乎正在进行合作社的筹备工作，自信满满；又好像看到了清溪村如今的发展与巨变，感到欣慰。清溪村像一本书，但不是封装典雅的古籍，不是晦涩难懂的理论著作，也非情节雷同的小说，而是由多种表达形式集合而成的一部充满情趣与智慧的生活史诗。

如今的清溪村，正以沉浸式的建设讲述着从历史中走来又连接当下的新"山乡巨变"，以崭新的面貌迎接着远道而来的客人与返乡归家的旅人，沿着文化振兴的路径铺就美丽乡村的新画卷。2024 年夏天，我们走进了清溪村用文化谱写的振兴篇章中。两个月里，我们穿行在连接景区和村民服务中心的柏油马路上，欢唱在广场舞散场后的路灯下，探究在每一座各具特色的书屋中……我们走入基层，看到了中国乡村的真实面貌，看到了乡村振兴的生动画面，看到了文化塑造乡村的伟大力量。

新风貌

清晨，阳光尽情地倾洒在清溪村所处的山谷中，映照在挂着露珠的水稻上，呈现出一片荡漾的金色，仿佛一条正在燃烧的河流，与清溪一起蜿蜒流淌。荷叶一片连接一片，覆盖了整座荷塘，几朵荷花从缝隙中探出来，用粉色点燃了绿的沉寂。竹林在微风中摇曳，阳光透过竹叶形成的光斑也在不断变换着位置与形状。村里的房屋依山而建，静静地排列在山谷两旁，偶尔有火车从田野上方的高架驶过，留下持续的机械轰鸣声，带走清溪村在夜里编织出的无声的梦。

早上七点是南方乡村夏季为数不多的凉爽时刻，村里的保洁和维护工作在此时展开。清溪村的保洁队由村里的妇女组成，她们身着橙色工作服，清扫街道、清理荷塘，每天轮换上岗，工作家庭两不误。当我把镜头对准正在干活的阿姨时，她笑着挥了挥手："在扫地嘞，拍出来不好看。"在这样的清晨，人与自然共创的生活图景是最鲜活生动的，自然的一呼一吸与人的一动一静交融在清溪村的山野之间。马路边，几个光着膀子的男人正在修理台阶，细密的汗珠早已爬上脊背，他们必须赶在太阳暴晒之前完成这项工作。

这是清溪村自 2018 年启动提质改造工程以来展现出的新面貌。以周立波故居为中心，清溪村打造了"文学村庄"的美丽景观，先后建成了印象广场、清溪画廊、立波梨园、清溪剧院、中国当代作家签名版图书珍藏馆、清溪书屋等项目。

围绕村庄走上一圈，好像进入了"山乡巨变"的世界，整个清溪村被文学氛围萦绕。村口的印象广场上伫立着一座长 29.98 米、高 9.98 米的"山乡巨变喜庆丰收"群雕，周立波先生坐在中间，抱着小孩与乡亲们畅聊村里的生产发展，赶牛的青年、抽烟的农夫、聆听的妇女和若有所思的干部……大家围聚在周立波先生身旁，将《山乡巨变》中的场景、家乡建设的瞬间永远定格下来。途经刻着"梭梭里里""蹬脚舞手"等清溪方言的石碑，沿着木栈道，穿过摇曳的芦苇，踏过斑驳的青砖，看见两只低飞盘旋的白鹭，就来到了清溪画廊。周立波先生书中的情节以连环画、雕塑的形式被重现，开会、劳作等

在清晨工作的村民保洁员

场景的作品，透露出清溪人建立合作社的热情，吸引着我不断前行，探寻故事的最深处。

走到马路之上，有了更多的分岔口，这些路口连接着清溪村的书屋。我们住在梁晓声书屋楼上，每天回去看到的都是《人世间》里的场景：来自 20 世纪的自行车靠在墙边，墙上挂着老照片和一盏煤油灯，报纸的日期还停留在 1990 年。这些复古的陈设将我拽到电视剧里，拉回到父辈们所经历的岁月里。清溪村的 21 家书屋皆依照作家的作品或出生地景观来设计内部装饰，各具特色的书屋驻扎在清溪村，既是旅游景点，也是文化基地，使清溪村的文化氛围更加浓郁。

中国当代作家签名版图书珍藏馆坐落在山的另一边，隐匿于一片竹林中。竹子紧密地排布在山坡上，叶子挨着叶子，风吹过时像是在低声细语，言说珍藏馆里书本的秘密。山坡环抱着珍藏馆，只在正前方留有一片空地，空地两旁的草地上、树上陈列着作家们书里的名言，指引着人们由一句话进入一个崭新的世界。珍藏馆的屋顶犹如一本倒扣在桌上的典藏书，书页缓缓展开，一层一层地讲述着书中的故事。进入馆内，顺着台阶走上去，左右两边都是书籍，暖黄的灯光洒落，让人仿佛走入了神圣的殿堂。人们取来一本书，随便找一个台阶坐下，就能读一下午。除了主馆，珍藏馆内还有会议室、展览馆等功能厅，各厅通过透明连廊连接在一起，从一间走到另一间，仿若穿越一片竹园，这是典型的中式庭院设计风格。当前，珍藏馆的面积超过 2000 平方米，可容纳藏书 50 万册，承办了许多省级、国家级的文化活动。

文以饰村，《山乡巨变》这一文学作品为清溪村的再建提供了思路，当下村庄的旅游动线设计核心即为沉浸式体验书中情节；文以饰村，立足于文学乡村建起的书屋成了清溪村崭新的文化基础设施。在村里调研两个月后，我再难想象当年空洞的山、光秃的地、肮脏的河。我身处在文学的田野上，我的生活也被清溪村的文化氛围包裹着，我在这里描绘清溪、看见世界。

村民在竹林旁边喝擂茶、休憩

书里描绘的山乡巨变与清溪村当下的改变交相辉映，文学与现实虽然不在同一维度，但却能和鸣共奏。文化对清溪村面貌的改变，只是其文化振兴的基础。距离周立波故居不远处有一片竹林。在环境改造时，这片竹林旁边搭起了木制的小屋和石桌石凳，小屋里摆放着制作擂茶的工具，村民们围坐在石桌旁打牌、聊天。偶尔有游客路过，在这里停留喝茶，感受最真实的清溪生活。清风吹拂、竹林摇曳，夏日的炎热和生活的疲惫暂时被搁置。我们调研小组常常在这里开展活动，听年长的爷爷讲述关于清溪村的故事，讨论该如何进行下一步的调研工作，与村干部面对面地了解清溪村的建设项目……正如这一方土地，在尊重自然景观的基础上对其进行适宜改造、融入主题建设，才能发挥出既承载村民生活又彰显文化底蕴的作用。文化设施的基础打好之后，往后的发展才能有更大的空间。

新生活

时间来到一个梦幻而又幸福的夜晚，我们去游客之家，继续我们的调研任务。紫粉色的晚霞渲染了整片天空，沿着田边的马路漫步，偶尔能看到几条小狗摇着尾巴，好像知道我们一定会经过，张望着、等待着。散步的村民与我们迎面相遇，大家停住脚步相互问好，言说着闷热夏日里四处散落的生活。穿过铁路桥，就到了我们"纳凉"的地方。阿姨们在游客之家前面的空地上跳着双人舞。拉丁舞动感的音乐响起，她们随着节拍舞动着，前进、后退、旋转，配合默契、步调一致，对视时灿烂的笑容从嘴角绽放，洋溢在她们脸上。从肢体传达出的自信、愉悦的情绪填满了这片空地，与身后所剩的一丝霞光交融，给清溪村即将到来的夜晚增添了盛大的绚烂。我们站在队伍旁边，也学着阿姨们跳起来。看着复杂的舞步，我们总是学不会，她们走过来说："先学三步，把这个最简单的学会以后再学五步就轻松了。"在日常跳舞的过程中，阿姨们已经探索出了一套快速上手的方法，拆解视频里的动作、找简单的切入点，那些只在手机上出现、由专业舞者编排的舞蹈融入了基层百姓的生活。

清溪村有两支舞蹈队：一队擅长基础舞蹈，常在清溪剧院门口活动；另一队擅长双人舞，以游客之家为活动基地。两支舞蹈队的活动时间、舞蹈教学等都由队长来安排，当村里有晚会需要节目时，她们就会自己编排、准备妆造、上台表演。舞蹈已然成为清溪村妇女生活的重要组成部分。在白天，她们或是小卖部的老板娘，或是自家饭店里的服务员，又或是附近食品工厂里的工人；而到了晚上，抛却一切社会身份，在这片空地上，她们只是自己。日子忙忙碌碌、日复一日，而生活却在每一个傍晚翩翩起舞，伴着歌声、伴着朋友、伴着落幕的晚霞与闪烁的群星。

往日的农村夜晚属于晚饭之后的闲谈，屋顶的炊烟还没有散尽，小孩子们就开始结队在马路边嬉戏打闹，村民们摇着扇子喧闹着、欢笑着。如今，村民的生活在文化的浸润之下有了更多的选择，唱歌、跳舞、读书、写作……浓厚的文化氛围影响着村里的每一个人，改变着村民的日常生活。

2024 年 7 月，清溪村举办了全国示范性夏季村晚。演出意义重大，从政府到村民，大家都格外重视，其中，广场舞和合唱这两个节目是村里的妇女表演的。她们每天晚上都会在清溪剧院门口彩排，我们赶到现场时，清溪村妇女主任汪娟已经到了好一会儿了。她向我们讲述了这两个节目的基本设想与人员组成，她一边翻看朋友圈，一边给我们展示她们过去成功举办晚会的经历。她笑着对我们说："她们都很厉害，很有才华嘞！"无尽的幸福感和成就感从她的笑容中流露。

村里邀请了湖南城市学院的老师和同学来给这两个节目当指导。广场舞的动作很多，指导人员将所有的动作分解成多个八拍，阿姨们在把所有的舞姿跳到位的同时，还要快速变换队形。大合唱对这些阿姨们来说也不是一件易事，她们需要学会如何发声，即便是耳熟能详的《在希望的田野上》，也要一遍又一遍地练习音准、表情和演唱动作。正式演出那天，黄色的舞台灯光像阳光一样照进了剧院，洒在合唱的阿姨们穿着的红色丝绒长裙上，裙摆的亮片反射着光芒，形成了一片耀眼的海洋。背后的大屏幕上播放着清溪村田野上的景象，阿姨们就像站在田间地头歌唱一样，她们挥舞的手臂，从台下看就如同风中荡漾的麦穗，富有活力。此时此刻，丰收的喜悦、未来的憧憬溢满了整个舞台，深深感染着现场的观众。

2018 年，汪娟来到清溪村工作，她第一次参加并主办的大型文化活动是清溪村 2024 年的"三八"汇演。在举办活动之前，她发动清溪村各组的妇女组长调查了村民的参与意愿，大家都表示愿意参加。可真到节目开始报名的时候，没有一个人主动。"我当时就一个一个打电话，动员村里有才艺的、和我关系好的、广场舞队的人，先把这些人弄上去，其他人就好办了。"汪娟采取滚雪球的方式，一点一点带动，不断扩大参加者圈子，报名人数就越来越多，参加人员有六十多岁的阿姨，也有十一岁的小孩。有了第一次的经验，汪娟这次动员村民参加村晚便得心应手轻车熟路了。这项盛大的文化活动也吸引了不少村民前来观看，无论是参演者、观看者还是组织者，文化都在以不同的方式影响着他们的生活。清溪村的生活不再局限于柴米油盐、下地劳作，还有欢唱在山谷之间，连绵不绝的歌声。

在清溪村调研的最初几天，我们走访了各个书屋。走到贾平凹书屋，管理员罗娟很热情地迎接了我们。在她的收银台前，我看到了一本写满诗歌的笔记本和一个插着荷花的矿泉水瓶。她说，笔记本是用来摘抄的，因为要定期给作家写信，所以她必须不断学习，这样才能在信件中准确地向作家传达读者的感悟，更好地向游客介绍贾平凹先生和他的书籍。而矿泉水瓶中的荷花是在荷塘里捡的。这个时节，村里的荷花都开得很好，即便是掉下来的一朵，也让人觉得好看。吃饭、写作、读书、工作，小小的收银台成了罗娟追求美好生活的一方天地。现实的樊篱无法限制生活的广阔，她以书屋为台阶，迈进了文学世界的大门，成为了幸福的徜徉者。

来到迟子建书屋，管理员孙桂英向我们咨询如何在公众号文章里添加图片，她有一篇关于东北老家的散文想要发布。作为远嫁湖南的东北人，她偏爱迟子建笔下的雪乡，书桌上那本《额尔古纳河右岸》被她翻了又翻，里面还有她的批注与心得。书屋像是一条纽带，连接了她当下的生活与热爱的故土；文学又像一趟列车，承载着她对故乡的思念，从清溪出发，跨越千山万水，驶向她的梦中。

管理员的一天除了打扫卫生、售卖书本和接待讲解，剩余的时间都能用来在书屋里看书。这些曾经或在外务工、或在家照顾小孩的妇女，如今能够在家门口获得一份稳定的工作，这是一件极为幸福的事情。刘慈欣书屋的管理员告诉我们，过去只在电影中了解刘慈欣老师讲述的故事。来到书屋，有了时间读书之后，她才发现原来他的科幻宇宙是这么的宏大。管理员们大多表示，通过读作家们的书、了解他们的为人，自己的文化水平有了很大的提升，与别人聊天的时候也能说上几句自己的观点了。一本书的背后是一个世界，一位作家的身后是一个地方。管理员们虽然每天坐在由民房改造的书屋中，但他们的眼光、想法、脚步却在文学的宇宙里遨游，阅读一段情节或是了解一段过往，都能够充实他们、启发他们。无论是主动还是被动，书屋管理员们都被邀请进入了文学的世界。从此，她们的生活中将永远有一扇大门，它连接着现实与文字、清溪与大地。

一天下午，梁晓声书屋停电了，室内空气凝滞，连接在一起的炎热气团几乎塞满了整个屋子。此时，书屋管理员佩玲正指着阅览室，背诵自己的讲解稿："这里是我们根据书中的描述打造的书房，很具有年代感。上了年纪的读者来到这里，都会想起自己儿时的经历。"原来，梁晓声老师要来书屋了。在他到来之前，她要做好万全的准备。下午四点多，清溪文旅的工作人员们来到了书屋，修电闸、搬桌椅、立活动牌。座谈会的现场从路口布置到了阅览室，检修工作一直持续到了晚上七点。

邀请知名作家来村里开讲座，是清溪村每年都会举办的"清溪一课"活动。晚上来书屋买书的村民告诉我们："你们真的很幸运，我们邀请梁晓声老师好多年了，恰好今年来了，你们也有机会和他交流。"第二天，村里组织的安保人员在路口等候梁晓声老师，合唱团的小孩们挥舞着风车随时准备开唱，参与座谈的其他人员早早等在了书屋门口，一切准备就绪。

梁晓声老师（右一）在书屋与大家交流

清溪村自书屋建成以来，除了本村自办的文化活动之外，每年还会承办大型的作家活动，如中国作家协会作家活动周、益阳市文旅融合发展大会等活动。2022 年，"作家天团"打卡书屋。莫言、毕飞宇、麦家等知名作家来到这里，点燃了清溪村的文化热情。从此，在世人眼中，这个坐落于益阳市郊区的小山村真正成为了"文学之乡"。这些活动的举办给清溪村带来了更广阔的视野和更聚焦的目光，也开辟了清溪村文化发展的新思路。对于村民而言，曾经梦寐以求的文化资源近在眼前，曾经遥不可及的文学名家就在身边，这些令人艳羡的文化活动就在他们的生活之中。

清溪剧院隐匿在清溪山谷的背面，这是一座现代而又质朴的建筑。它以石头为原型，外表由褐色方砖和蓝色的钢化玻璃构成。褐色是泥土的颜色，蓝色是科技的颜色，两者结合在一起，呈现出的是立足于乡村的未来感。夜晚，包裹整座剧院的led灯亮起，滚动播放着演出的画面，藏在绿色生态中的智慧科技让游客们连连赞叹。也许是背靠山谷、三面通透的缘故，无论是多么炎热的天气，剧院门口总是有阵阵凉风拂过。我们去拍摄照片的那个早上，剧院正在进行现代花鼓戏《山那边人家》的彩排。舞台上摆放着一张实木桌子，后面是仿制的山坡与竹林，两位女演员配合着音乐，正在为晚上的演出加紧排练。这部戏是根据周立波先生的《山那面人家》等5部短篇小说改编而来的，还融入了许多本地文化元素——益阳花鼓戏、山歌、儿歌、民间舞蹈等。

在剧院的舞台上演出的剧目还真不少，《那山那水那乡愁》《山那边人家》和《又回清溪》是本地编排的大型剧目，大型田园实景剧《白吟浪》一直在定期上演。除此之外，剧院平时还会有小演出或是承办的讲座、晚会等。令我惊讶的是，一座藏在城郊乡村里的剧院不仅没有闲置，还承办过如此多的文化活动。一场场演出剧目、一个个生动角色、一声声欢呼喝彩让这座剧院保持鲜活，使得清溪村的文化气息不断蔓延。由于演出对本地人有优惠政策，常有村民在闲暇时进来看上一场大戏。这不仅是一道生活的调味剂，更是一种文化的熏陶。同时，这些剧目都取材于本地，是对清溪景象、清溪人民生活的真实写照。村民在演出中看到村庄的某时某刻，一种归属感便从心底油然而生。

丰富的文化活动不仅吸引了大量游客，而且滋养了清溪村村民的精神世界，更唤醒了人们创造美好新生活的激情与活力，未来的清溪一定会有更绚丽的文学画卷。

新产业

清溪村书屋的选址基于村里原有的房屋，大部分是清溪文旅集团从村民那里租来再装修的。阿来书屋的管理员是一位年近六十的阿姨，她既是书屋管理者，又是房东。为了积极响应清溪村发展文旅的倡议，又看到隔壁几个书屋的发展态势，阿姨一家搬到了后院的二层小楼居住，把临街的房屋留出来建了书屋。在阅览室里，摆放着一张作家阿来与她交换书屋钥匙的照片。她指着相框里的照片，自豪地对我们说："阿来老师来过我们书屋，这是我们在落成的那天一起拍的照片！"

梁晓声书屋的房东邓嗲很有远见，在下定决心将屋子租给清溪文旅集团之前，他特地找到村里第一批书屋的先行者——立波书屋管理员卜雪斌，聊了聊他家改建书屋后的情况。当听到既能增加一笔房租收入，又能让家里更具文学气息时，邓嗲签下了合同，将自己住房隔壁的一栋楼改建为书屋。邓嗲的儿媳是大学生，本科毕业后当了一名老师，如今考取了研究生，所学专业正是文学，这或许与他家改建书屋后使儿媳受到了文学的熏陶有关。自从清溪村景区修建，邓嗲就在剧院当保安，他的老婆在村里当保洁，夫妻俩拿着工资和房租两份收入。越来越多的村民在家门口就业，甚至有不少年轻人选择返乡发展，这是清溪村文旅产业发展惠及百姓的显著体现。

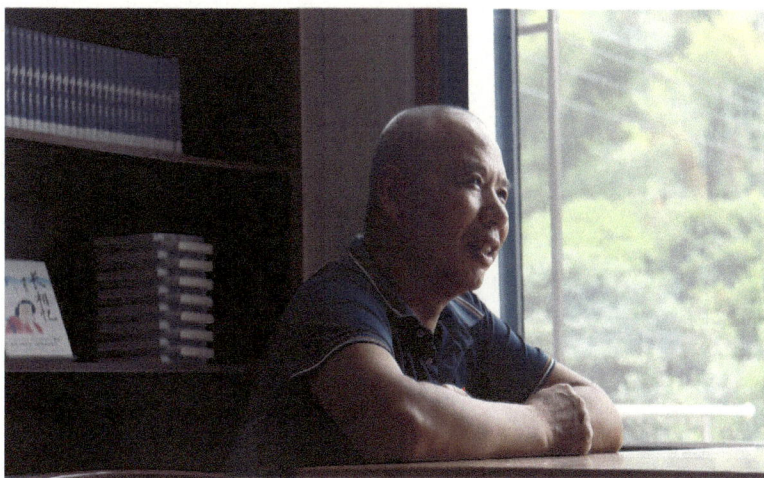

正在接受采访的梁晓声书屋主人邓嗲

2022 年，中共中央、国务院提出"启动实施文化产业赋能乡村振兴计划"，建成一批特色鲜明、优势突出的文化产业特色乡镇、特色村落，有效激活优秀传统乡土文化，丰富发展乡村文化业态，有效保护和利用乡村人文资源与自然资源。清溪村具象化地展现了这些纲领性文字在现实中落地的生动场景：挖掘地域文化特色，将"土特产"——文学，转化为核心资源，从而改变村庄发展方式，以"文学+旅游"的产业模式赋能乡村振兴。

初来清溪村，我们也像游客一样尽情探索这里的每一家书屋、每一片荷塘和隐藏在村子深处的故居。坐在观光车上，乡间的风如约吹拂着，暂时化开了炎热的气团，将我们的身体与被汗水浸透的外衣分离。这15分钟一趟的观光车，是游客们在景点之间穿行最合适的交通工具，它串联起了21家书屋、周立波故居、茶子花街、立波梨园等核心景点。清溪村整个村庄就是一个景区，所以从坐上车的那一刻起，沉浸式体验就开始了，"文学+旅游"的产业模式就此出现在游客眼前：穿梭在书屋里，感受来自书本中的乡土魅力；在故居认识、了解周立波及其文学作品；在农场采摘、收获，体验田地生活；最后在农家乐吃一顿家常菜，以此结束清溪之旅。

事实上，文旅是清溪村最基本的发展模式。除此之外，这里还开发了文学研学实践基地、户外露营基地、产学研开心农场等"微旅游"市场，立足于清溪村本身的特色，衍生出"文学+研学""文学+生态"的模式。与此同时，清溪村的村民也参与到文化和旅游服务中来，书屋管理员、讲解员、电瓶车司机、保洁员等职位都由本村的村民来担任，擂茶馆、农家乐……村民自主探索的商业形态也成为清溪村文旅综合体不可或缺的一环。

清溪村以文化为中心的振兴之路，一方面，增加了就业岗位和发展机遇，村民在自己家门口就能解决收入问题。这是发展文化事业在短时间内能看到的一个实在的价值，也是对村民参与当地文化建设最直接、最具说服力的邀约。另一方面，旅游产业吸引了游客，村里的书屋、农家乐都有人来消费，最具本地特色的擂茶成为最受欢迎的饮品。目前，清溪村年游客人数突破 120 万人，对于一个隐幽的小山村而言，这已经是极其可观的数据了。

新未来

2024 年国庆期间，清溪村开展了"文学+"年华，每天都有"文学+音乐""文学+朗诵"等主题活动，清溪诗歌会、田野音乐会、千人舞蹈快闪活动将清溪文化活动推向了新的高潮。清溪村还打造了文学市集，集文创非遗、美食休憩、音乐表演于一体，共设置 15 个摊位，推出了人民文学出版社清溪书屋、迟子建清溪书屋等 10 个书屋的集章打卡活动，形式多样的活动吸引了众多游客前来。

随着景区的建设，村民们也开始主动创造文化，无论是成为民间写诗人，还是编排一支舞蹈，众人聚力推动"山乡巨变"的故事正在清溪村上演。对于游客而言，清溪村只是漫漫旅途中的一次短暂停留，但这片土地之上的文学生机将深深浸润他们的心灵，让更多的人看到乡村文化的生命力。

在未来的故事里，主角将不只是村民与游客、本地人与外地人，清溪的篇章还需要更多的人来阅读、记录，清溪的时代还需要年轻人来建设、推动，清溪的美好还需要媒体人来传播、讲述。文学在续写，清溪村的故事尚未完结。

文化扎根在清溪这片土地上，文学底蕴是清溪村一笔宝贵的财富。从文化振兴到乡村振兴，这是一条充满挑战的道路，但在脚踏实地的建设中，清溪村正通过文化振兴绘就幸福乡村图景。一场戏剧表演、一台歌舞晚会、一次文学分享，清溪村用美妙而生动的形式描绘文化与乡村碰撞出的花火，村民们用辛勤的劳动与积极的生活态度创造崭新的文化生活，续写"山乡巨变"的新时代诗篇。

清溪村的村民让我们看到了生活的松弛感、幸福感。在这里，人们不用为生活发愁，也不用为前途担忧，做好眼下该做的事就是一切问题的答案。"对未来最大的慷慨，就是把一切献给现在。"清溪生活如是说。

（撰稿人：杨心怡）

红脉相传润清溪，精神永驻励后人

清溪村是现当代作家周立波的故乡，也是周立波先生 40 多万字长篇小说《山乡巨变》的创作背景地。在这里，周立波先生不仅融入农村生活，与当地农民同吃同住，还参与了农村的建社工作，见证了清溪村的变化与发展。如今，在一代又一代人的努力下，这个小小的村庄已经成为著名的"文学之乡"，是充满生机与活力的新农村典范，实现了新时代的"山乡巨变"。

红色作家的红色人生

1908 年，周立波在清溪村出生。他不仅是一名作家，还是一名革命者，更是一名坚决拥护中国共产党的红色战士。他的红色人生充满了激情与挑战。早在青年时期，他怀着改变国家命运的理想走出益阳，奔赴上海，投身于革命运动。1934 年 10 月，周立波经周扬介绍，正式加入"左联"，并加入中国共产党，从此踏上了一条为无产阶级革命及其文艺事业奋斗终生的赤诚之路。在上海时，除写作之外，他还积极参与了地下斗争，勇敢地站在了革命的第一线。不幸的是，他在领导一次印刷工人的罢工行动时被捕入狱。但他并未放弃自己的信念，始终保持着对革命事业的忠诚，获释后投身于更为广阔的革命洪流之中。

1937 年，抗日战争全面爆发。周立波三上前线，以笔为枪，书写民族解放战争。

他第一次踏入战火纷飞的前线是在抗日战争全面爆发的初期，他以记者的身份前往山西抗日前线采访。这次经历让他目睹了中国人民在抗日战争中的英勇斗争，激发了他对民族解放事业的热情，并为后来的文学创作积累了丰富的素材。1939 年年末，周立波前往延安，加入了鲁迅艺术学院的教学队伍。在那里，他不仅继续从事文学创作，还承担起了向年轻一代传授知识的任务。他讲授的"名著选读"课程深受学生喜爱，激发了许多青年学生的文学兴趣和革命热情。

1944 年，周立波随南下部队再度踏上前往前线的征程，由陕至粤，又转回湖北，在解放区及敌后，行军一万五千里。在远征途中，他用笔墨记录下前线战士们英勇无畏的战斗场景与简朴坚韧的生活片段。他还深入民间，倾听普通百姓的心声，感受他们对抗战的坚定信念与无私奉献。华中之行如同一场心灵的洗礼，让周立波深切体会到，正是这股源自人民心底的力量，汇聚成不可阻挡的洪流，成为抗战胜利最为坚实的基石。

解放战争胜利后，周立波来到东北，投身于土地改革的伟大实践之中。在这里，他不仅走访了多个战斗过的地方，如松花江畔的战场遗迹，还深入到那些曾经饱受战火摧残却又顽强重生的村庄，目睹了农民翻身成为土地的主人，感受到了他们对新生活的渴望与热爱。

在这些地方，周立波与无数普通士兵和村民进行了深入交谈。他听老兵们讲述那些寒冷冬夜里的英勇战斗事迹，了解他们如何在零下几十摄氏度的严寒中坚守阵地；听妇女们讲述她们怎样在后方织布做衣，支援前线。每一句讲述都是一个鲜活的生命故事，在周立波的心中留下了深刻的烙印。他还参与领导了东北农民反抗地主阶级的斗争，帮助农民们"翻身"做主人。这段经历让周立波亲眼见证了中国人民不屈不挠的独立精神，感受了他们那份来自心底深处的坚韧与勇敢。这不仅深深地震撼了他的心灵，加深了他对这片土地上每一个生命的理解，更激发了他内心深处的创作热情。从此之后，无论是他笔下的文字还是心中的情感，都变得更加饱满深刻，因而为中国现代文学史留下了《暴风骤雨》这样书写农民主人翁意识觉醒的、充满力量与希望的经典之作。

新中国进入和平建设时期后，周立波毅然决定回到自己的家乡，为家乡的发展贡献一份力量。他亲自参与建社工作，负责建立了一个初级农业社——凤鹤社，调动了当地村民的积极性，推动了更大范围内农业合作化运动的开展；他多次将稿费捐献给清溪村，用于修建果园、改善交通和水利设施、资助村里的贫困生上学，为村民们的生活带来了实实在在的好处。周立波的善举不仅在当时产生了积极影响，还为后人树立了榜样。如今，清溪村已经成为全国知名的文学村庄、乡村旅游目的地，吸引了大量游客前来参观，感受周立波的文学魅力和清溪村的发展变化。

红色文学润清溪

清溪村与周立波有着深厚渊源，这里不仅是他的家乡，更是他的文学创作基地之一，是他深入农村生活、了解农民心声的地方。在这里，他写下了 40 多万字的中国当代文学经典之作——《山乡巨变》。这部创作于 20 世纪五六十年代的小说在今天仍然大放异彩，让清溪村——这个位于湖南益阳的小村庄获得了前所未有的关注。

1954 年，正值全国各地农村如火如荼地兴办农业合作社之时，周立波怀揣着对故土深沉的热爱，回到了他的故乡——益阳县第八区（谢林港区），开始了他的田野调查之旅，准备创作一部反映农村生活的长篇小说。在这段长达 4 个月的深入基层的日子里，周立波走访了清塘乡、清溪乡和楠木塘乡等地，近距离地观察家乡农民的日常劳作和生活情形。其间，他结识了清塘乡石岭冲合作社的社长朱雨生，以及清溪乡党支部书记周惠岐。这两位充满智慧与热情的地方干部，成为周立波笔下《山乡巨变》主人公刘雨生的原型。通过与这些平凡而又朴实的人们深入交流，周立波捕捉到那个时代农村社会变迁的真实面貌，为他的文学创作积累了宝贵的素材。

从 1955 年 9 月开始，周立波携家人先后在大海塘乡竹山湾村、桃花仑乡瓦窑村和邓石桥乡清溪村居住，投身于乡党委的建社工作。在这三个村落中，周立波在竹山湾村的时间最长。在这里，他与《山乡巨变》中盛佑亭的人物原型——邓益庭做了一年多邻居。邓益庭是一位身材瘦削、略微驼背、额头和眼角刻满皱纹的老贫农，他经常与周立波"流水打讲"（聊天），讲述许多农村生产、生活的知识。这些故事不仅使周立波深刻了解到苦苦眷恋着土地、时时梦想着发家的农民的内心世界，还成了他日后创作灵感的重要源泉。

1957年5月底，《山乡巨变》初稿在竹山湾村完成。1958年下半年，周立波继续在瓦窑村创作《山乡巨变》（续篇）。1960年4月，《山乡巨变》（续篇）出版。整整六年时间，周立波在村子里与农民同吃、同住、同劳动，同时奋力创作，留下了《山乡巨变》这一文化瑰宝，更在人民创造历史的伟大实践中铸就了一个文学高峰。这部小说不仅是一部经典之作，更是清溪村一段永恒的记忆。

如今，在党和政府的带领和村民的努力下，村子不仅发展了生态农业，还进一步将《山乡巨变》和当地风俗文化转化为旅游资源，开发建设周立波故居纪念馆，打造旅游景区，使清溪村蜕变为环境美丽、人民幸福的新村庄。

在村庄入口处有一座著名雕塑家黄剑创作的大型群雕《山乡巨变》，呈现了作家周立波在田间地头和村民交谈的场景。雕塑的背景是清溪村的青山绿水，周立波身边是讲述春播秋收农事的村民，村里鸡鸭成群，水中鱼儿跳跃，多种元素组合成一幅融洽和谐的画卷。沿着村口的步行道进入村庄，路旁的稻田随风摇曳，仿佛在诉说过去的故事。"隆隆"作响的火车从头顶疾驰而过，在火车高架桥的立柱上，许多幅壁画

矗立在村口的大型"山乡巨变"雕塑

再现了书中的经典场景，如村民们共同劳作的画面，象征着团结与奋斗的精神。在清溪村的核心区域，建有一处农耕文化体验园。这里不仅展示了传统的农具和耕作方式，还定期举办插秧节、丰收节等活动，让游客亲身体验农耕的乐趣。这些人文景观连接过去与现在，在让周立波的作品和精神具象化的同时，也让其长久地流传下去。

红色精神传清溪

周立波的第一部故乡短篇小说《盖满爹》也创作于他的家乡。这部作品成功地塑造了一位全心全意为人民服务、为共产主义事业奋斗的乡党支书，展现了新中国成立初期，农村基层干部带领群众克服困难、推动社会主义改造的历史画卷。"盖满爹"的故事并非完全虚构，其原型人物叫徐盖均。虽然他已去世多年，但他的事迹和精神品质却流传了下来。

这次，我们有幸见到了徐盖均的曾孙女徐英。她在清溪村工作，是一名书屋管理员。虽然她从未见过太爷爷徐盖均，但从父母那里，她听说了许多关于太爷爷的故事。"他不仅是一位坚定的共产主义者，还是一位深受村民尊敬的领导者，家里人都觉得有这样一位长辈是很自豪的一件事。"徐英自豪地说。徐盖均的事迹深深地影响了家人，并在徐英的心中种下了红色精神的种子。

说起太爷爷时，徐英的脸上总是洋溢着笑容："我的太爷爷，是一个很厉害的人物，他的地位挺高的，可以说是一呼百应，村里没有人不听他的！到现在，村里的很多老人还记得他。我的邻居已经六七十岁了，听说我要去清溪村工作时，他就跟我说：'周立波笔下的人物有你的太爷爷，你一定要去读一读啊！'我的太爷爷在我们村子里是很有威望的。"

徐盖均的曾孙女徐英在书屋作讲解

徐英向我们讲述了很多有关"盖满爹"的故事。例如，他为村子开荒种树、抢修电线、整顿中学食堂，还帮村民解决了很多鸡毛蒜皮、家长里短的生活小事。不仅如此，"盖满爹"还是一位"斜杠老人"。他会写以前老房子墙壁上的"鲁班字"，还会用草药治疗蛇伤，十八般武艺样样精通。徐英还提到了爷爷辈名字的趣事：书上说村里有位先生为

"盖满爹"的两个儿子取名，知道他喜欢做木工，就用"森"来命名，分别给"盖满爹"的大儿子和小儿子取名为"松森"和"楠森"。后来，那位先生还成了"盖满爹"两个儿子的教书先生。"那位先生的后代后来又成了我爸爸和伯伯的教书先生，你们说巧不巧？我们两家真的很有缘分。"徐英那愉悦诙谐的语气和幸福自豪的神情，无不显露着她对太爷爷的思念和崇敬。

"盖满爹"的这些事迹大多被周立波先生写入了小说《盖满爹》中，这部小说也成了徐英一家怀念"盖满爹"的重要载体之一。"被写进小说之后，'盖满爹'怎么样了呢？"我们好奇地问。

"太爷爷五六十岁的时候，村子里要开荒种树，当时是冬天，他为了抢救那些电线杆子，一着急就打赤脚下到田地里，由此引发了伤寒，导致中风，后来便一直卧病在床。他生病之后很痛苦，经常暗自流泪。因为他本来是一个坚强勤劳的人，瘫痪后只能躺在床上，做不了事，内心感到很烦闷。他还担心自己成为家人的负担。"家人们明白"盖满爹"的痛苦，一直悉心照料他，给予他安慰。村里人也"吃水不忘挖井人"，他们在开荒的山上种了很多桃树。桃树长成后，村大队每年都会送很多桃子给"盖满爹"，以示感激。

在小说的最后，周立波先生描述了这样一个场景：村子学校的辅导员带着三十几个学生去看望"盖满爹"，当他们谈到村里的未来时，"盖满爹"笑着问："辅导员，你说我看得到吗？"辅导员和孩子们都回答道："看得到的，看得到的！"听到这句话时，"盖满爹"的眼角泛起了泪花。初读这篇小说时，我们并不理解这段话的含义，不明白为什么

"盖满爹"要问能不能看得到手。徐英向我们解释，"看得到手吗?"这句话实际上是"盖满爹"在问"共产主义能实现吗"，而那些孩子都是祖国未来的希望。所以，当孩子们给他肯定的回答时，他便知道自己的努力没有白费，他便明白这种拼搏攻坚的精神会一直流传下去。

对徐英而言，"盖满爹"不仅是和自己血脉相连的太爷爷，还是值得尊敬和学习的榜样。那颗象征着红色精神的种子，是她的家族世代相传的宝贵财富，自她出生时便深植于心田。随着岁月流转，这颗种子在她的成长旅途中不断汲取养分，逐渐生根发芽，最终长成了她心中坚不可摧的信念之树，支撑着她不断向前，努力奋进。

"我家虽然没有什么成文的家规家谱保留下来，但是太爷爷的精神和品德在家中代代相传。例如：做什么事情都要认真仔细、雷厉风行；为人要正直；要多在基层工作，多为群众办实事等。"徐英的爷爷便继承了太爷爷的衣钵，成了村里的一名支书。她的爷爷是当时村里十五六个大队里最优秀的支书，于1979年被调到公社，成为公社里的党委书记。爷爷十分直爽，担任支书期间从不滥用职权为家人谋利，而是鼓励家里人自力更生。他也非常注重教育，即使条件艰苦，也支持家里的孩子上学读书。作为村支书的爷爷非常忙碌，徐英和爷爷并没有太多时间相处。"我对爷爷的印象好像只有一个背影，因为他实在太忙了，我当时年龄又小，所以好多事都不记得了。我只记得后来家里的生活条件变好了，我家是村里第一个有彩电的人家呢！小时候，很多小伙伴挤在我们家里看电视，我当时觉得可骄傲了！"

大学毕业后，徐英在外闯荡了几年。在外漂泊的焦虑不安和对家乡亲人的思念始终萦绕在她的心头，令她生出了回乡的念头。"2022年，当我看到清溪村景区招聘讲解员时，马上就报名面试了，没想到很顺利地获得了这份工作。"如今，徐英在清溪村景区已经做了一年多的讲解员，她还负责内勤工作并兼职计调员。她和她的太爷爷一样身怀多项技能，是一名妥妥的"斜杠青年"。

"我到清溪村工作也与周立波先生创作的《盖满爹》有关。因为太爷爷和自己家族的故事被写进这位文学巨匠的书里，有时候，我会感觉自己好像有一个光环，这也更加激励我为周立波的家乡做点事。"徐英说，她的讲解很受欢迎，游客们对她是周立波小说原型人物的后代非常感兴趣。"很多人只读过或听说过《山乡巨变》，但是对周立波的其他作品并不了解，由我这个原型人物的后代来讲解，会让他们印象更加深刻，他们也更有兴趣一些。"

2024年年初，徐英成为书屋管理小组的组长，同时负责书屋的管理营收。她不仅用流利的外语向来自世界各地的游客介绍清溪村的历史与文化，还注册了抖音账号，记录着自己在清溪村的工作与生活。"最开始拍抖音只是一个巧合。前年抑或去年有一个'艺术家下基层'活动，当时，张凯丽老师、隋俊波老师，以及电视剧《人世间》的其他演员一起到了梁晓声书屋。我随手拍了一个视频，没想到播放量和点赞数都比较高。于是，在哥哥的建议下，我注册了一个抖音账号。但我做抖音更多的是一种自娱自乐，并没有刻意地去经营它，就是把它当成了自己的一个爱好。遇到美好的事物，我想分享一下，让别人知道，这样可以吸引更多游客来清溪村看一看。"提到抖音账号，还有一件令她非常骄傲的事：因为她的账号做得比较成功，有一定流量，所以会有一些团队通过抖音，向她咨询参观清溪村景区的事宜。特别是湖南卫视《和春天约在清溪》节目播出后，有很多粉丝通过抖音账号联系她，希望以后如果有自己喜欢的明星或者作家来清溪村，能第一时间通知他们。"我觉得这是一件挺棒的事情，因为吸引游客过来算是对这个村庄作了一点贡献，虽然很微小，但是我觉得挺好。"徐英通过这种方式，让更多的人了解到了清溪村的魅力，吸引了许多人前来旅游打卡，甚至为村庄带来了一批批的旅游团队。

红色梦想照清溪

周立波与徐英家族的缘分并不止于"盖满爹"，还有另一个关于取名字的趣事。"我有一个婿婿(姑母)，就是我太爷爷的孙女，她的名字还是周立波取的呢，叫徐立纯。"在谈到周立波的影响时，她突然想到了这个故事。"听我婿婿讲，当太爷爷得知自己的孙女快要出生时，他正和周立波先生在山中散步。他们在山里看见了毛栗子(野生栗子)，周立波先生便随口说用'li'来取名，但当时并没有确定是哪个'li'。一开始，太爷爷想的名字是'丽群'。但在后来登记身份证时，因为益阳方言里'qun'和'chun'同音，登记处的工作人员便将'群'听成了'纯'，'丽'字也被误记成了'立'，所以最后变成了'立纯'。"尽管最后婿婿的全名可能并非周立波先生的原意，但从中我们可以看出他与"盖满爹"之间深厚的情谊。

周立波先生的影响在徐英的家乡几乎无处不在。"我的家乡很重视周立波先生，我崽(儿子)的幼儿园大门口张贴了周立波作品的介绍图片，我家所在的云雾山社区的宣传栏里也展示着他的生平事迹，我家乡那边形成了一个'泛清溪'的格局，而周立波先生就是其中的核心。"

周立波先生的影响，如同深植于山间的毛栗子树，虽然经历了风霜雨雪，却依然顽强生长，结出累累硕果，成为连接过去与未来的纽带。正是这样一种超越时空的力量，推动着像徐英这样的年轻人，回到家乡，追求梦想，促成新时代的"山乡巨变"。而这一切的背后，都离不开周立波先生那份深沉而持久的红色情怀。它如同一股温暖而坚定的力量，指引着后来者前行的方向，成为激励人们不断向前的动力之源。

关于清溪村的未来，徐英希望能把"文学之乡"的名气打出去，并引导更多的人提升阅读兴趣。同时，她期望能有越来越多的年轻人回到家乡、建设家乡、宣传家乡，使清溪村能够建设得越来越好。对于自己未来的发展，她也有一定的规划："我计划下半年考普通话二甲并拿到证书，这能让我在讲解的时候讲得更清晰，让更多的人听懂。现在，来清溪村的外国游客越来越多，我还打算继续学习英语和西班牙语，提升自己的专业水平，更流畅地为他们介绍清溪村的文化。"

在和徐英聊天的过程中，我感受到了她对清溪村的热爱和对未来的憧憬。和她告别后，我的内心久久不能平静。我被她的故事深深触动，于她而言，祖辈们的故事像一盏盏明灯，照亮其前行的道路。在新时代背景下，"红色精神"的传承不再局限于历史的记忆与缅怀，它更是一种面向未来的行动指南。对于徐央而言，"红色精神"不仅仅是一段家族的光辉历史，更是激励她不断前行的动力源泉。从她身上，我们可以看到一种将个人梦想与国家发展紧密相连的精神风貌。

在清溪村这片充满生机与希望的土地上，周立波这个名字如同一曲未完的赞歌，悠扬地回荡在绿水青山之间。他不仅是清溪村走出的杰出文学家，更是一位深植于这片土地的红色革命者，他用一生的奋斗书写了对祖国和人民的深情厚谊。

而今，周立波的精神在新一代清溪人的身上得到了传承与发扬。深受红色精神影响的后辈们，正以自己的方式续写着新时代的"山乡巨变"。他们投身于家乡的文化建设，努力将清溪村建设得更加美好，用实际行动书写着乡村文化振兴的动人诗篇。

随着周立波故居的保护与开发，以及一系列文化活动的开展，清溪村不仅成为传承红色文化的重要基地，更以其独特的魅力吸引着五湖四海的游客纷至沓来。周立波与清溪村的故事，就像一条清澈的小溪，潺潺流淌，滋润着每一个来到这里的人的心田。在这里，人们不仅能感受到文学的魅力，更能触摸到那段不平凡的历史，领悟到那份永不褪色的红色精神。而徐英等当代清溪人的故事，恰如这条小溪中一朵朵绽放的浪花，它们轻盈地跃动着，诉说着新时代下清溪村的美丽变迁，以及那充满希望的未来。

（撰稿人：陈黄艺佳）

红色旅游点亮乡村发展

　　湖南省益阳市清溪村，是红色作家周立波的出生地，也是他的名篇《山乡巨变》的创作背景地。走进清溪村，仿佛进入了一个如诗如画的美丽新世界，这里小溪潺潺，荷叶田田，每一处都蕴含着大自然的深情厚谊。这里处处留存着周立波生活和创作的痕迹，他的故事在村庄的每一个角落都闪烁着光芒。在青山绿水间，红色文化如同一条蜿蜒的河流，流淌在这片热土上，与怡人的自然风光共同绘制出一幅壮丽而动人的画卷。

故居里的红色记忆

　　清溪村最引人注目的红色地标是周立波故居，它坐落在村庄的核心地带，处于一片绿意盎然之中，仿佛是历史的见证者，默默记录着这片土地上发生的故事。走进故居大门，首先映入眼帘的是周立波雕像。他的眼神深邃而坚定，仿佛能洞察世间的一切。目光与之交汇，我们仿佛回到了那个充满激情和变革的年代；仿佛看到了他坐在田间地头，脸上洋溢着温暖的笑容，身边围坐着乡民，有抽着长烟杆的老农、靠着扁担的青年、神采飞扬的劳动妇女，他们正热烈地讨论着什么。

周立波，这位从清溪村走出来的人民作家，他的生命与创作都与这片丰饶的土地血脉相连。在 1955 年至 1965 年的十年间，他重返故里，与农民兄弟肩并肩、心贴心，共同生活、共同劳动、共同学习，创作出《山乡巨变》《山那面人家》等脍炙人口的小说。

在这座充满故事的老宅中，周立波不仅是时代的观察者，更是一个亲历者。他投身于农业合作化运动浪潮，与村民同吃一锅饭、同耕一块田，深刻体察农民对合作化的真实感受和需求。他参加村里的大小会议，学习讨论相关政策，还把自己的稿费捐给了村里，激发了农民的革命热情与劳动热情，为乡村的发展注入了活力。他的这些亲身经历，都为他后来创作《山乡巨变》提供了取之不尽的素材，赋予了他深邃的洞察力。

故居的西厢房，曾是周立波与乡民们进行心灵交流的温馨角落。墙上挂着的旧照片，记录着那些逝去的岁月，每一张都讲述着一个关于热情、智慧和乡土情深的故事。

在会客厅的那些热闹非凡的午后，周立波先生自备香烟、酒菜，邀请乡亲们围坐一堂，谈天说地。在袅袅的烟雾和淡淡的酒香中，他用心倾听、用笔记录。乡亲们口中那些朴实无华的话语，那些生动鲜活的故事，都成为他创作的源泉。他与青年小伙们畅谈文学创作，激发他们的创作热情，培养他们的文学素养，让文学的种子在这片土地上生根发芽。

周立波故居

走进他的卧室，映入眼帘的是一张雕花木床，床上铺着朴素的床单，上面仿佛还留有他的温度；书桌上摆放着钢笔与稿纸，我们仿佛还能见到他笔耕不辍的身影；木靠椅静静地守候在书桌旁，他靠坐沉思的温度似乎还没有散去。这里的每一件家具、每一件物品，都留存着他的生活印迹，诉说着他对这片土地的深厚情感。它们见证了他的生活，见证了他的创作，见证了他与乡亲们的深厚情谊。

在故居里，我们遇到了周立波故居纪念馆的馆长曾虎，他把故居的历史和提质改造的过程向我们娓娓道来。

"这座故居已有200多年的历史，屋顶曾经出现渗漏，地板和屋顶的木结构也出现了腐烂。"他介绍道，"在政府的大力支持下，我们邀请了业内专家进行实地考察，然后开展修缮工作，重点对梁柱、瓦片、木结构、墙面、门窗等进行了修缮，遵循'保留历史原貌，修旧如旧'的原则。"

修缮的成果无疑是显著的，故居既保留了历史的沧桑，又没有陈年老屋的破败感。往屋里走了几步，我们遇见一个工人在为墙壁抹灰。"故居的养护工作是我们一直在做的，这是一个需要持续进行的任务。"曾虎馆长指着那位忙碌的工人，继续说道："墙面的修复，一方面是为了美观，另一方面我们也在力求还原，使用的都是传统的材料和工艺，力求在每一个细节上都能保持故居的历史风貌。"工人的动作熟练而细致，每一次抹刀的移动都显得格外谨慎。墙面上的灰泥逐渐变得平整，而那些岁月的痕迹却没有被抹去，依然在诉说着过往的故事。跟着曾虎馆长的步伐，我们走过一个拐角，步入了一个充满现代气息的展厅。大屏幕上正在播放周立波的介绍短片。曾虎馆长站在屏幕旁对我们说："我们从 2021 年开始进行数字化的改造，现在，游客不仅可以在这里观看视频，如果对哪一本作品感兴趣，他们还可以通过扫码的方式直接阅读。"

他走到一旁的互动屏幕前，向我们演示如何操作。"我们现在主要做的是数字化藏品这方面的工作。"他一边轻轻地触碰屏幕，一边向我们解释："就是把一些珍贵的藏品转变成数字化的形式，这样做一是方便人们调阅资料，二是有利于传承和保护。"

曾虎馆长对馆内设备进行演示

说到这里，他似乎想起了什么，停下了手中的动作，抬起头看向我们，目光中带着一丝期待。"说起来，这个和你们中南大学还有挺大的关系，"他微笑着说，"后面我们想建一个资料库，准备把后台放在中南大学，前端到时候放在我们故居。"

他走到一旁的另一台设备前，继续说道："如果有人需要调阅周立波的相关资料，直接到我们前端申请就可以了。这将会是一个开放的免费平台。"他的脸上露出了满足的微笑："这样也利于红色文化的传承和流转。"

曾虎馆长的话音刚落，一阵电话铃声响了起来，电话那头传来了急促的声音，他抱歉地对我们说："不好意思，我现在需要去开一个会。"曾虎馆长身兼清溪村建设专班小组的工作，他除了处理故居的日常事务，还要参与清溪村的各种文化建设工作，他每天的行程排得满满的。我们道谢后，便随着他走出了展厅，步入了被夕阳拥抱的院子。阳光像是打翻了的金色颜料，将天边的云朵染上了层层暖色，构成了一幅绚烂的油画。微风吹过，庭院里的树枝轻轻摇曳，像是在跳着优雅的华尔兹。

曾虎馆长热情地送我们回去，我坐在他的车上，望着车窗外的景色随着车辆的行驶而缓缓后退。我好奇地问他："您在收集文物时有什么故事吗？"

他微微一笑，缓缓地说："今年五六月份的时候，未央先生的夫人从国外回来了。"他顿了顿，继续说："未央先生当过湖南省作协主席，虽然他已经去世，但他的夫人特意将一根擀面杖送到我们这里，捐赠给周立波故居。"

曾虎馆长的眼中闪烁着回忆："周立波在省作协任职的时候，未央先生的夫人因为要做面食，从他家里借了这根擀面杖。前一段时间，未央先生的夫人从国外回来，特意将这根擀面杖送过来，并且还附带了一封信，讲述了这根擀面杖的故事。我们还没有把它展示出来，不然你们今天就可以看到实物展品了。"

故居充满了关于周立波的记忆，在这里，我们仿佛能够感受到立波先生的温度，听到他的心跳。虽然他已经离我们远去，但他的精神、他的情感、他的文字都永远留在了这片土地上，留在了我们的心中。他的故事就像清溪村的溪水，源远流长，滋养着一代又一代的清溪人，也激励着每一位来访者，去追寻那份对土地的热爱、对生活的执着、对文学的敬畏。

书香满屋述"山乡"

故居的前面有一个农家小院，门口的牌匾上写着"立波清溪书屋"。推开书屋大门，我们仿佛穿越了时空，进入了周立波笔下的世界。书屋内部装潢古朴典雅，木质的书架散发着淡淡的芳香，与室外的自然气息相得益彰。屋顶悬挂着盏盏明灯，柔和的光线洒落在书架上，营造出温馨宁静的阅读氛围。

书架上整齐地排列着关于周立波的各种书籍，从周立波本人的作品到周立波的研究著作，再到关于他的各种资料，应有尽有。我轻抚

位于村中心的立波清溪书屋

书页，仿佛感知到文字的跳动，它们在等待着读者的翻阅，从而将故事的长卷徐徐展开。

在书屋的一侧，有一张宽大的木桌，周围放着几张木椅，旁边的墙上写着"为人民创作，为时代放歌"的标语。标语的一侧是周立波的画像，他面容慈祥，仿佛在亲切地注视着每一位来访者。

书屋的另一侧是一个展览区，其中复刻了他作品中的经典场景，让人能够更真切地捕捉这位文学巨匠的气息，倾听他笔下人物的欢声笑语，感悟到他笔下山乡的沧桑巨变。

书屋内的标语

　　我被一面墙上的微型景窗吸引，那些生动的形象和细腻的场景，让我仿佛置身于故事之中。旁边有一段文字介绍，讲述了景窗里展现的故事与情节，让人对周立波的文学世界有了更直观的理解。

　　在书屋中，时间仿佛慢了下来，我找了一本《山乡巨变》，坐在窗边的椅子上，开始阅读。窗外的荷塘和远山构成了一幅美丽的背景画，我在书中的世界遨游，感受着周立波笔下的人物命运和山乡变迁。

　　"太阳还没有出来，东方山后的天上，几片浓云的薄如轻绡的边际，衬上了浅红的霞彩；过了一阵，山峰映红了；又停一会，火样的圆轮从湛蓝的天海涌出了半边，慢慢地完全显露了它的庞大的金身，通红的光焰照彻了大地；红光又逐渐地化为了纯白的强光。白天开始了。"《山乡巨变》这段对清溪村的描写，塑造了我对清溪村的第一印象。清溪村就像那轮冲破黑暗的朝阳，经历了漫长的黑夜，终于在山乡巨变的春风中迎来了新生。书中的清溪村，是一个在社会主义建设浪潮中不断变革和发展的地方，它的变化就像日出一样，从朦胧到清晰，从黑暗到光明，每一个细节都洋溢着生机与希望。

在《山乡巨变》中，清溪村的变革不仅体现在物质层面，更深刻地触及了精神世界。村民们在党和新政策的指引下，逐渐摆脱了旧时的枷锁。盛佑亭、陈先晋等贫农，虽然在土地改革后分得了土地，但小农经济的思想仍旧根深蒂固。一听说竹子要充公，盛佑亭便急忙砍了竹子去卖。对于加入合作社，他最初也持保守态度，不愿意将自己的土地"归公"。然而，经过邓秀梅等党员干部的耐心劝说和教育，他开始反思，最终积极地申请加入合作社。虽然他心中仍有顾虑，但新社会的影响让他身上的积极因素不时闪耀光芒。

这样的农民形象是深刻而丰满的，他们既有自己的小算盘，想为自己谋取一些利益，却又不失闪光之处，在党的引导下，他们能够为村集体奉献自己的力量。他们的故事就像清溪村的日出，充满了变革的色彩，展现了从旧时代到新时代的转变。

当最后一抹余晖消失在远山的轮廓之后，我合上了《山乡巨变》，缓缓步出立波清溪书屋。夜幕低垂，四周的景色渐渐模糊，只有竹林在微风中轻轻摇曳，发出沙沙的响声，仿佛在诉说着古老的故事。

我沿着小径漫步，来到一片竹林前。竹林在夜色中显得格外幽静，修长的竹竿挺拔而立，竹叶在微风中轻轻摆动，如同一群舞者在跳着优雅的舞蹈。月光透过竹叶的缝隙，洒下斑驳的光影，给竹林披上了一层神秘的面纱。

在这片竹林中，我仿佛看到了《山乡巨变》中邓秀梅与亭面糊的初次相遇。邓秀梅，这位充满活力的女干部，带着改革的使命，走进了这片竹林，走进了清溪村的生活。而亭面糊，那个满口乡土气息的老农，也似乎刚刚放下竹子，正用毛巾在竹林里擦汗。

书中的邓秀梅就像这竹林中的一阵清风，虽然轻柔，却能吹走沉积已久的尘埃，带来新的生机。而亭面糊就像竹林旁荷塘里的一滴水珠，虽不起眼，却能映照出整个天空的广阔。他的存在虽不张扬，却以一种细腻而坚韧的方式，滋润着清溪村的每一寸土地。

夜色中的竹林显得格外宁静，我仿佛听到了岁月的低语。我想象着邓秀梅在这里与亭面糊交谈，她的声音坚定而温和，她的话语中充满了对未来的憧憬。而亭面糊或许就在不远处，用他那独特的方式，表达着对这片土地深深的眷恋。

竹林在夜风中轻轻摇曳，仿佛在回应我的思绪。我仿佛看到了在周立波那个时代，清溪村的村民们在党的指引下，如何一步步摆脱贫困，走向富裕。他们的故事就像这片竹林，经历了风霜雨雪，却始终坚韧不拔，最终迎来了新生。

周立波廉洁文化馆

廉旅融合造精品

清晨的清溪村，一切都沐浴在柔和的阳光下。我沿着村里宽敞平坦的黑色柏油路慢慢地走着，路边的草坪上，露珠闪烁着晶莹的光芒，仿佛是大自然孕育的珍珠。树木在微风中轻轻摇曳，绿叶在晨光中显得更加鲜亮，它们的影子在地面上婆娑起舞。

在路上，我遇到了一位热情的景区摆渡车司机，他驾驶着摆渡车，微笑着向我招手。或许他看出了我不是村里的村民，便停下车，探出头来问我要去哪里，他可以送我一程。我谢绝了他的好意，告诉他我更愿意在村里散散步。他点点头，轻踩油门，摆渡车缓缓启动，沿着蜿蜒的道路渐渐远去。

路边的野花在晨光中绽放，蝴蝶在花间翩翩起舞，仿佛在为我引路。我深吸一口清新的空气，感受着清溪村的宁静与和谐，不知不觉又走到了故居前面。我突然发现在故居的一侧另有一个小天地——周立波廉洁文化馆，这里的位置相对隐蔽，要爬上一个小坡才能到达。

周立波廉洁文化馆是一座典雅的红墙灰瓦建筑，屋顶线条简洁，与周围的绿色环境相得益彰，散发着历史的厚重感。进门转弯便是一间现代化的教室，这里常有外来团队前来学习参观，也是廉洁主题讲座的举办地。

教室两侧是透明的玻璃墙，我可以一眼看到墙外的风光。教室的正面挂着一块白板，两侧则是一条条名言警句，如"务必不忘初心、牢记使命；务必谦虚谨慎、艰苦奋斗；务必敢于斗争、善于斗争""全面从严治党永远在路上，党的自我革命永远在路上"等。一条条、一句句，发人深省，令人警醒。

在教室的一侧，一面墙被书架覆盖，书架上陈列着与周立波先生相关的书籍。这些书籍将周立波的廉洁文化与清廉精神浓缩于此，每一页都承载着他廉洁的自律品质。这些文字不仅是历史的记录，更是精神的传承，它们静静地诉说着周立波先生的生平事迹，以及他对廉洁自律的始终坚守。

走出廉洁文化馆，继续向一旁的山上走去，便是通向"梨园"的道路。1954年，周立波回到清溪村，看到光秃秃的荒山，便提议拿出自己获得斯大林文学奖的奖金，带领乡亲们开荒建果园。在周立波的大力支持下，光秃秃的荒山重新焕发了生机，成为村里重要的经济收入来源。

今天，我再次踏入了这片充满故事的梨园。在小径两侧，那些刻有廉洁名言的木桩如同守护者般耸立。其中，"挽来池中明月，两袖清风，拂去世尘"这一句，仿佛是周立波先生清高品格的生动写照，而"人以清廉为荣，花以洁白为贵"则与梨园的纯洁之美相映成趣。

我沿着梨园的小径缓缓前行，微风轻拂过树木，树叶在风中轻轻摇曳，发出沙沙的响声，仿佛在诉说着梨园的往事。在小径两旁，除了那些刻有廉洁名言的木桩，还有一系列精心制作的讲解牌。这些讲解牌，有的图文并茂，生动地介绍了《山乡巨变》中的人物故事，让我仿佛穿越时空，与那些人物进行了一场心灵的对话；有的则以简洁的文字，介绍了梨园的基本情况，让我对这片土地有了更深的了解。

立波梨园

"立波梨园"原是周立波故居前方不远的
名叫陈树坡，周立波先后两次用自己的稿
文学奖奖金捐资兴建50亩梨园，为乡民创
园，点缀山林。

我站在梨园的最高点，在树影间隐隐望见了故居。我顺着山坡走下去，便到了故居旁的小荷塘，这里有不少周立波与他笔下人物的雕塑。其中，有一尊立在荷塘的一角，他是《山乡巨变》的主人公之一——陈大春。他身材高大，身着朴素的农民装束，衣服和裤脚都卷了起来，肩上扛着一根扁担，仿佛刚从田间忙完农活回来，书中那个充满理想、富有干劲的青年形象一下子具象化了。

在故居的院墙旁，还有一组生动的铜像。在这组铜像中，周立波戴着眼镜，面容慈祥，正在与周围的人们进行交谈。在周立波的左侧，是一位抱着孩子的妇女，孩子依偎在她的怀中；前方有一个老婆婆端着碗，似乎想递给周立波什么东西，而周立波则在摆手拒绝。原来，这个雕塑群讲述的是村里老人给周立波送鸡蛋的故事。老人们听说周立波喜欢吃煮鸡蛋，便时常煮了鸡蛋送给他"压劳"（益阳方言，是充饥的意思），但周立波坚决不要，后来，周立波利用外出的机会，给村里买回来了良种鸡，送给了村里的老人们，老人们高兴极了。周立波先生不拿群众一针一线，其廉洁自律的品质和全心全意为人民服务的崇高理念，在这个故事中体现得淋漓尽致。

在清溪村，廉洁文化的传承与弘扬超越了廉洁文化馆的界限，它渗透进整条精心设计的清溪村廉洁文旅路线之中。这条文旅路线不仅是一次地理上的行走，更是一次心灵上的洗礼。

游客们在每一步的行走中，都能了解到周立波先生的廉洁故事，感受到他高尚的廉洁品质。这些故事如同珍珠般散落在清溪村的每一个角落，等待着被发现、被传颂。从故居院墙旁的铜像群，到梨园中的廉洁名言木桩，再到廉洁文化馆里的讲座，每一个景点都是廉洁文化教育的生动课堂。

在这样的环境中，周立波的廉洁精神如同春雨般"润物细无声"，悄然滋润着每一位来访者的内心。它不是强制性的灌输，而是通过环境的熏陶、故事的感染，让廉洁的种子在人们的心中生根发芽。

红色旅游焕新颜

周立波故居、立波清溪书屋、周立波雕塑群、立波梨园、周立波廉洁文化馆等景点在清溪村形成了一条以周立波为核心的、有特色的红色旅游路线，成为普通游客和各个单位团体争相打卡的红色旅游胜地。在清溪村，红色旅游如同一股温柔的春风，悄然拂过这片古老的土地，唤醒了沉睡的乡村，带来了新的生机与活力。在这里，我们不仅能够感受到历史的厚重，还能触摸到时代发展的脉动。红色旅游的发展也带领村民走上了致富的道路。

我们在一个炎热的下午造访了"一号家菜馆"，这家饭店由村民邓海波的家改造而成。之前，邓海波在外做生意，妻子在这里经营擂茶馆。清溪村旅游火了之后，越来越多的游人来店里询问："老板娘，你这里有没有什么可吃的？"被问得多了，老板娘便有了开饭店的心思。后来，邓海波回到家乡，着手饭店的装修。不久，"一号家菜馆"便挂牌营业了。

一号家菜馆是由两栋朴素却不失典雅的小楼组成的，它静静地坐

在一号家菜馆忙碌的邓海波

落在荷花池旁，紧邻通往周立波故居的道路。我们走进店里刚坐下，邓海波便满面春风地给我们端上了茶水。端起杯子，一股浓郁的茶香扑鼻而来。抿上一口，我好奇地问道："咱这饭馆，为什么叫一号家菜馆？难道还有二号和三号？"邓海波听后，眼睛一亮，哈哈大笑起来，随后解答了我的疑问："我在办营业执照的时候，为这个名字头疼了好一阵子。有一次，我和朋友去市区吃饭……""那家饭店的招牌给了您启发？"一个同学好奇地插嘴。"你说启发，那也算启发吧，"邓海波接着说，"我文化水平不高，一直在想别人店里的招牌为什么那么难懂，还要查字典。我的店不要这样的名字，越简单越好，一说去哪里吃饭，就去一号。"他一边说，一边竖起一根大拇指，脸上露出得意的笑容。

说起开店的故事，邓海波立刻打开了话匣子。"一开始，我很犹豫要不要开店。当时，我在镇上搞架管租赁，大小也是一个老板，有一个公司。但是，后来村里跟我讲，我家这个位置好，村里在搞景区建设，我可以在这里开个店。"当时，清溪村已经大体完成了景区建设，但相关的配套产业却不完善。于是，村委便动员了一批有能力的村民回到家乡，投入到相关产业的建设中来。

"领导当时说：'你家门前修了新路，去清溪剧院、去故居都走这里，游客不会少。开个饭店，你有生意，游客也有吃饭的地方'"，他继续讲述道："但我是很犹豫的，一是之前确实没有这个想法，二是不知道景区到底行不行，有多少游客，愿意在村里吃饭的又有多少。这些我都不知道，心里很是没底。"邓海波的眼中闪过一丝迷茫，但很快又被坚定取代。"但我后来想了又想，还是决定回来，虽然外面搞架管租赁挣得多，但终究不如在家里实在。来一桌客人就挣一桌的钱，也不用操心收账啥的。"他的话语中透露出一种释然和满足，脸上的笑容更加灿烂了。

"你生意最好的时候有多少客人嘞？"有人问。"那人可就多了，我记得最多的一次是一天中午，得有百来号人。"邓海波回忆道："那天我在家都走了两万步，就在这几个屋子里转悠，一直从中午忙到下午三点，连喘口气的时间都没有。"或许是想起了那天的盛况，邓海波又笑了。"轮到最后一批客人的时候，已经没什么菜了。但人家很理解我们的难处，直接说不点菜了，有什么吃什么。"

邓海波不是唯一受益于村里文旅产业发展的村民，像他这样的人还有不少。赵应飞是村民邓伯乐的女婿，从事厨师行业近 30 年。他早年在 308 省道旁租了一个门面开饭店，后来看到村里文旅产业的发展势头，便回村整改了岳父家的老房子，在村里开了第一家饭店——"清溪缘"。在旅游旺季，前来打卡周立波故居、观百亩荷花的游客络绎不绝。饭店最忙的时候，一天有二三十桌客人，一天的营业额有七八千元。

红色旅游给清溪村带来了经济的发展，吸引了村民的回归，让村庄充满了活力，村民的精神面貌也随之发生了变化。在景区建设之前，依靠挖金发家的村民沾染了不少陋习，甚至存在赌博等违法行为，不少村民游走在法律边缘。在村口开烧烤店，被客人们称为"魁哥"的店老板告诉我们，前些年，村里有不少"路子不正"的买卖，但这几年几乎看不到了。村庄的氛围发生了根本性的改变，红色气息和文学氛围越来越浓，村里的红色文化传播教育了村民。我们听到的关于村民帮助游客的事迹就有不少，村民之间的互帮互助就更多了，整个村子呈现出一幅生机勃勃的景象。

清溪村村民的学历虽然不高，但他们的学习还在继续，村里的书屋中坐着读书的村民，"清溪讲堂"里坐满了听讲的观众，清溪剧院的剧目为村民带来了文化的盛宴……在一次次文化的洗礼与熏陶下，清溪村的精神风貌发生了翻天覆地的变化，这是红色旅游赋能乡村振兴最生动的体现。

（撰稿人：赵衍智）

清溪村生态蝶变之路

　　走进清溪村，宽敞平坦的黑色柏油路从村外延伸进村里，环绕着一片片草坪，再伸向更深远的山的方向。柏油路上的箭头和车道标记精确规整，旁边的停车坪停着几辆白的、红的、黑的小汽车，洋溢着浓郁的现代气息。而道路两旁的灌木丛和树木则自由随性、潇洒自然。它们绿得多姿多样，仿佛是画家手里的一块绿色系调色盘。最靠近路边的灌木丛蓬勃葱茏，翠绿的叶子拥挤茂密；往后一层则是黄绿色，显得柔和温婉。草坪的颜色更浅，夹杂着泥土的褐色。草坪中还立着不同种类的树木，有枝繁叶茂的，也有稀疏透光的。远近不同的站位，加上光影的重叠，使它们呈现出不同层次的颜色。远山的墨绿是风景的底色，饱和度不高，但能瞧见轮廓上树木的不同姿态，像一个长长的剪影。

　　我到达清溪村时恰是一个盛夏的傍晚，远山的肩头上搭着夕阳的脑袋，看起来静谧又美好。余晖的金色、云霞的粉色，以及云彩背光处的蓝色，涂抹在天空的画布上，填补了清溪村的另外一半风景。这就是我初到清溪村时见到的景象。这里空气清新，迎面微风轻拂，还送来一串动感的乐声，估计是不远处正表演着一场快活的广场舞。在别处，"我家住在花园里"可能只是楼盘宣传海报上的广告词，而在这里，是清溪村村民生活的真实写照。

从游客中心向村子里走，经过一座座特色鲜明的文学书屋后，我们会遇到一条具有古韵风味的清溪画廊。它由好几座分开的小廊道组成，与马路的方向平行，呈线性排布，像一串被隐形的线连接起来的珠子。画廊的屋顶像一本敞开的书本，倒扣在檐柱上方。画廊内部展示着一幅幅木刻画像，精细的雕刻描绘出《山乡巨变》里的经典场景。在画廊和马路中央的低地上，流淌着一条狭窄而清澈的溪流。

沿着溪流来源的方向继续前行，一块耸立的巨石映入眼帘，石头上还刻着八个金色的大字——"山乡巨变，山河锦绣"。巨石周围是一片荷塘，一共有七八十亩，正是应了杨万里的那句"接天莲叶无穷碧，映日荷花别样红"。荷叶边挨着边，一副谁也不让着谁的气势，将塘面遮得严严实实，好像熙熙攘攘的人群，喧嚷着盛夏的计划。荷花从缝隙里探出来，歇一口气，娇滴滴的，只在起风时点点头应和，任由荷叶吵闹着。荷塘上还有几条栈道，不到近处都看不真切，因为都淹没在茂密的荷叶丛中了。走上栈道，穿过荷塘，正对面建着一座白墙黑瓦的双层小楼。它左右对称，端端正正，几扇高大的落地窗映出荷塘的生机活力，大门外侧正中处挂着一块牌匾——"立波清溪书屋"。

线性排布的清溪画廊

夏末的清溪村荷塘

来　访

　　书屋的主人名为卜雪斌，今年五十多岁，是一位在当地小有名气的"农民诗人"。七月底的一天，我们走过荷塘栈道，来到卜雪斌的家中，想听这位土生土长的老清溪人聊聊村里的故事。

卜雪斌夫妇待客十分热情，见我们来，一定要为每人都盛上一杯擂茶。

在清溪书屋读书的卜雪斌

"这是刚刚做的，新鲜的擂茶可是可遇而不可求的。"我们无法抗拒这如火的热情，在他的盛情邀请下，每人都接过了满满的一杯擂茶。除此之外，他还给我们摆上了一盘切好的绿色瓜果。这盘水果"先香夺人"，浓郁的瓜香迫不及待地和所有人打招呼，让人垂涎欲滴。

"吃吧，快尝一尝。"卜雪斌笑着招呼大家。我谢过主人的热情款待，拿起签子扎上一块果肉，一口咬下一整块。果肉香脆多汁，甘甜可口，真是散热降火的佳品。大家尝过后，纷纷竖起大拇指，赞不绝口。

"这瓜叫什么名字呀？"有人感到好奇，从忙碌嚼瓜的口齿间挤出一个问题。

"是香瓜，自己种的。"卜雪斌露出自豪的神情："我研究了三年，前两年都失败了，今年才成功，瓜才结这么大。一下雨、一出太阳，瓜秧就直接蔫掉了。"他一边说，一边单手用食指和拇指围出蔫瓜的大小。他还向我们介绍道，周边不少人家都会种一些蔬菜瓜果，自己手里种出来的，质量更有保障，吃起来也更放心。他指向窗外说："你看对面水沟旁边的那一个大菜园，就有我们整个村子几十户、上百户的菜了。"

自己种菜是农村的一种普遍现象，村民们对家乡的水土放心，对自己的劳作有信心，结出来的果子吃起来也更安心。水土是村庄最基本且富有生产力的物质构成，也是人们赖以生存与发展的基础。在俗语中，水土也被用来间接指代家乡，正所谓"一方水土养一方人"。水土象征着一群人的身份，也与乡土情结挂上了钩，水土变迁的背后牵动着乡情的波动。

青　山

清溪村坐落在青山怀抱之中，一道道山丘隔出了"山那边人家"，塑造着当地的地形与文化。卜雪斌是一个老清溪人，他的脑子里似乎安装了一幅动态的地图，他不仅对地形和方位一清二楚，还对清溪村及周围的地理变化了如指掌。他徒手为我们比画出《山乡巨变》中的上清溪与下清溪的位置，还给我们介绍了村子里的金银山。他以我们所坐的位置为参考点，指出金银山位于我们的东南边。

"金银山是一个有趣的名字，"卜雪斌说，"这里头还流传着一个神话故事。"我们对此都很好奇，便请他给我们讲讲。卜雪斌摇身一变，成了一位说书人，瞬间有了说书的气质，他用缓慢的语速向我们娓娓道来。这个神话讲述的是一对兄弟的故事，他们相依为命，在过年前接连碰上丢盐、被狐狸偷鸡的倒霉事，于是决心报复捣乱的狐狸，以解心头之恨。他们想办法找到狐狸洞，并把山洞捣毁，结果没有逮着狐狸，却在山洞里挖出了无数的金银财宝，"金银山"就此得名。

不过，"金银山"不只是一个传说，清溪村真的有藏满金银的山。

"我建这个房子的时候发现，你们坐的这个座位底下全部都是金矿。我们这里挖金有很长远的历史，在明朝的时候就开始挖了。"这话像一个鱼钩子，又一次钩起了我们的好奇心，大家都睁大了眼，一下子精神了起来。我们现在的座位底下有可能正沉睡着明朝时期的"宝藏"，想想就让人激动。

"那我们能挖吗？"有人朝卜雪斌挑了挑眉毛，开玩笑地问道。

"那不行，"卜雪斌的身子稍微向后仰去，对她摆了摆手，把这个问题推了回去，"现在全都不能挖了，矿山也全都关停了。"

挖掘"金银山"是清溪村的过去式，那是一个辉煌与痛苦并存的年代。

卜雪斌记得，挖矿是从 1987 年年底开始的，一直持续了十多年。他回忆道，当年有一支地质大队，由国家组建，负责地质和矿产勘测。1986 年前后，地质队来到这里勘探地质。

"我记得，当时地质大队到一个地方探矿，要在山里面挖一个探槽。他们根据岩石的走向，在坡面挖一个凹槽。挖这个探槽的时候，我父亲也被他们请过去做了这个工作，那个时候的工资是两块多钱、三块钱一天。"

一批外乡的勘察员到村里开展工作，本就是一件新鲜事，引起了村民的好奇，再加上有不少村民受雇协助勘察，跟着工作人员一起上山下山、开土挖槽，山里有金子的风声很快就传了出来。兴许是有人在探槽剖面时亲眼见到了与众不同的黄色矿石，产生了联想；也兴许是机灵的人从勘察员的外乡话里听到了一些关键词。总而言之，村民们知晓了金矿埋藏点的大致信息，等到勘察员离开村子后，村民们就自己带着工具上山挖矿去了。

"他们怎么知道把石头锤炼成金子的技术呢？"我们疑惑地问道。村民们既没有专业知识，又没有经过技能培训，就算知道了有金子，又如何能成功开采呢？

卜雪斌为我们解答道："这是一部分聪明的人最先开始的。最聪明的这一部分人把金子弄出来以后，比他们反应稍微迟钝一点的另外一些聪明人就会效仿。一效仿，总有那么几个人，性格大大咧咧的，就告诉了别人。再然后，爱钻研的人就会在自己家里面，通过各种方式，去研究这个东西。"

我听了这话，心想：这不就是"创新的扩散"过程吗？没想到，我今天能听到原始的"清溪实践版"。我更来了精神，直起腰来，期待卜老师继续"授课"。

村民们具体是怎么做的呢？卜雪斌一边说，一边为我们进行演示："总有那么几个聪明的、脑洞大开的人，把那个石头拿回来，然后弄个锤子，就这么砸了，用吃饭的碗装上水，这么去漂一漂，留到最后、最重的东西，黄黄的，哎！金子就这么出来了。"货真价实的黄金捧在手心里，谁能不痴迷呢？就这样，人们都加入了挖金的队伍。山里藏着黄金的消息还传到了周围的县市，不断有外地人来此挖金，掀起了一股淘金热。

卜雪斌也淘过金子，他说："我十三岁的时候就知道这个金子怎么洗。那个时候，我放学回来，除了割猪草，还学着大人们的样子，找一个有水的地方，拿一个淘金子的工具，在水里不停地淘，不停地淘。有时候淘到金子，那真的是喜得蹦起来。"他说着将左手手掌高高地举过头顶，"蹦这么高啊！"我听着卜雪斌的讲述，脑海里幻想着水流剥去沙土，黄金闪烁着耀眼光泽的景象。光是这么想想，我就能乐呵起来。可想而知，当时村民们的内心该有多么激动、多么喜悦。

金银山里真的有金银，而神话里那只没有被逮住的狐狸，也真的消失在了山林里。金矿帮助当地的村民快速地积累了财富，使得清溪村的每家每户都建起了双层小楼，富裕程度在整个益阳市里都是靠前的。但是回忆起这段过往，卜雪斌并没有露出欣喜的表情，反而发出一阵沉沉的叹息。他停顿了一下，马上又说道："淘金付出的代价，是整个环境的破坏。"原来，当年挖矿缺少专业的技术和必要的保护措施，部分矿石中的有毒残留物没有得到及时和有效的处理，很快造成了土地污染。此外，简单粗暴的露天开采模式导致了严重的植被破坏，不仅让适宜野生动植物生存的环境被毁坏，因水土流失而引发的山体滑坡、山洪等自然灾害也时有发生。

被捣毁的狐狸洞仿佛成了一个隐喻，随着山里自然环境的恶化，村民们的家庭生活也遭受到严重打击。"在 2000 年左右，我们整个村子开始自食恶果，癌症病患也越来越多。"卜雪斌痛心地说道。我们听了，感到万分的同情与惋惜，还有几分说不出的无奈。

不过，好在党和政府及时发现了村里的环境问题，并且推出了一套强有力的整改方案，阻止了无序的挖金行为，金银山得以破茧成蝶，从满目疮痍的金矿山变回绿树丛生的真正的"金山"。据湖南省自然资源厅的公开信息，益阳市于 2012 年启动了金矿区生态环境修复专项行动，直到 2021 年，最后一个金矿区终于被关闭。环境整治工作将废旧矿区变废为宝，先平整矿区土地，后在其上覆盖 0.3—0.5 米厚的黏土，并种上杜荫、桂花、女真、楠树、青叶苗树等植被，复绿面积约 40 亩。进入矿区的道路两侧还栽种了观赏树，极大地改善了自然生态。

矿区关停后，卜雪斌便投入到其他产业的工作中。"之后，全部地区该复绿的复绿，该种花的种花。"他还向我们介绍道，王蒙书屋的位置就是之前矿区的中心点，现在也都完成了复绿的工作。我去过王蒙书屋，往里走还有一个红色基因书屋，地理位置确实比较偏僻，但我完全想象不到那里曾经是一个金矿区。郁郁葱葱的树林治愈了过去的伤痕，让这片土地重获生机，奔向更诗意的未来。

如今，虽然清溪村的矿藏被封存在了地下，但是环境保护所带来的财富却惠及了家家户户。

绿　水

青山环绕是清溪村绿色生态的深厚底色，清水蜿蜒则是清溪村更本质的灵魂。

清溪确有其"溪"。卜雪斌在介绍清溪村的地理环境时，提到了这条溪流。

他说道，清溪村的西北方向有一个"洞溪口"，"这个'溪'就是我们清溪的'溪'，那个'洞'两边是一个山峡，这条溪从山峡里面一直流到志溪"。为了让我们更清楚地了解这条溪流的位置和流向，卜雪斌再次开启他脑中的地图，用现在的地标建筑来介绍清溪："'山乡寻味'擂茶馆那里是一个分水岭，溪水一边往南流，一边向北流，向北流就到了洞溪口。当年，日本兵的巡逻艇就是沿着资江到志溪河这一带巡逻。"清溪其实是当地石马山河的一段，石马山河向北汇入志溪河，洞溪口就在交汇点附近，而志溪河又是资江的一级支流。当年，周立波就是顺着资江返回家乡，《山乡巨变》里的邓秀梅也是如此来到清溪乡。

在全村只顾生产、忽视环境建设的那段时间，清溪罹忧患难，历经多劫。

在田野劳作的村民

在挖矿时期，清溪村的溪流和水渠遭到了破坏，矿山开采导致了重金属污染。在长年的累积之下，这些污染元素渗到地下，把地下水也污染了。挖矿还导致一些水沟、水渠被淤堵，山塘水坝也跟着被污染。曾经，人们能在溪流里捉到小鱼小虾，但水体遭受污染后，这些灵动的生物都消失得无影无踪。

矿山关停后，村民们很快又找到了致富的新路子，打上了周围山林里楠竹的主意。这一带不仅楠竹多，还有一种水竹，是织凉席的好材料。由于建造凉席加工厂的成本低，凉席销路好，而且有新技术与设备的引进，村民们便大规模地转攻竹凉席产业，一批凉席工厂兴建了起来。

"当年，我们这里的竹凉席成为了一个产业。从机器设备到如何加工，再到怎么样去销售，只要有足够的时间，你自己精打细算、做好管理，是不愁赚不到钱的，也不愁销路。谁想做，谁就可以做。村民可以先卖掉家里的鸡，用卖鸡的钱把设备买回来，找一块空地，搭建一个临时厂房，这样就可以生产了。"卜雪斌对我们说，当年他也加入了凉席加工的行列，矿山关停之后，他就着手在立波梨园附近建立凉席厂。凉席厂之所以能够遍布村庄，并且长期维持运转，还得益于产业链的形成。人们被求财的欲望拖着走，资本和原料在市场的驱动下不断注入清溪村。卜雪斌说，当年还有大量的竹子从贵州、重庆、江西等外省市运输到这里来加工，谢林港镇成了远近闻名的"凉竹席之乡"。这下又苦了清溪和周遭的河流，水资源污染的状况非但没有改善，反而更加严重了。

卜雪斌说着说着，皱起了眉头，感叹那时污染情形之可怖。他痛心道："生产污水随意排放，没有人管，一度导致凉席水流过的地方寸草不生。"野蛮生长的凉席产业缺少规范管理，在加工过程中，含有烧碱、双氧水等化学物质的废水被直接排往河流中，当地村民淡薄的环境意识与强烈的利益冲动形成了生态破坏的恶性循环。

"还有一件造成污染的事情是在北峰垸那一边，"卜雪斌继续诉说当年的污染之灾，"他们那边养猪，猪粪随意地排放，导致土地过度肥沃，种粮食就只长苗，不结果。水土太肥也导致鱼虾没法生存。猪粪的臭味被风一吹，五十公里外都可以闻到！""五十公里"或许是一个夸张的说法，要知道，益阳市和宁乡市的距离也不过五六十公里。更不堪的是，有的猪发瘟死后被扔进志溪河，成为公害。因亲身经历了家乡环境日益恶化的全过程，卜雪斌对这些往事的感触深刻，回忆起来总感到痛心疾首。

我们认真听着卜雪斌讲述清溪村过往的生态危机，谁也没有插一句嘴，大家都表情凝重，或许都在暗自感慨，既痛惜于曾经的恶劣生态，反思过去的破坏行为，也更加珍惜现在来之不易的美丽自然。我又尝了一块桌上的瓜果，细细咀嚼和品味，感受香甜充满口腔。我想，这份香甜应该也包含着如今环境保护所带来的清甜吧。

2007 年，清溪村计划打造一个以周立波故居为中心的美丽新农村，污水的整治工作逐步提上了日程。2012 年，竹凉席和生猪产业的整顿全面展开。

当我们问及政府如何处理凉席厂时，卜雪斌告诉我们，上门做工作是村"两委"的第一步棋。"比如说凉席厂，村委和政府会引导大家去一个工业园区，不会不准你开，老百姓的经济不发展怎么行呢？比如说我，之前我做凉席的时候，我们镇的副镇长就上门跟我商量，到这个工业园区，可以免多少年租金。我可以选择做，也可以选择不做，这个都是自己的选择。当时，政府需要治理环境，也并不是说一刀切，不让你做。"卜雪斌强调，"霸蛮不让做"是绝对没有的。生态和发展就像行走的两条腿，不能只顾一条，而忽略了另一条。两者之间既有矛盾，也有统一的协调点，政府正是通过友善引导的方式来促进两者和谐共生。

卜雪斌所说的园区是北峰山竹工业园区，不过，当年迁往园区的村民很少。"我们这里基本上没有选择去园区的，都主动退出了。园区在镇里面，不像我们在农村里面。有的人家里面有老人、有小孩，如果距离太远了，他们就顾不上这个家了。"

除了劝说村民搬迁厂房，政府还实施了一系列的措施，发了力，用了功，誓要重现一个青山绿水的清溪村。谢林港镇建立起污水处理厂，运用先进技术，助力污水治理工作迅速推进。此外，政府还加强了污水主管道配套工程建设，监督涉水企业改造雨污混接管网，严厉处治偷排、超标排放等违法行为，并投资建设污水提升泵站与配套管网等，坚持不懈，将环境保卫战进行到底。现在的清溪澄澈透明，水质极优，肮脏和淤堵的情况一去不复返。至 2023 年年底，清溪村水质检测显示地表水优于 III 类，污水整治有了喜人的成果。

"清幽曲径上名山，绿树丛中忆旧庵。志水长流滋万物，谢林港畔耐人看。"据说，这是周立波写下的对家乡风光的赞诗，也是现在清溪村的真实景象。在过去很长一段时间里，这里的生态环境遭受了多次破坏，一度导致青山褪色、绿水停流，周立波诗中的那个清溪村不复存在。水土污染的危机直接威胁到家乡的容颜，也挑起了人们对家乡的愧疚之情，见到亲爱的家乡正经历污染的煎熬，村民们逐渐从求富的狂热中醒悟过来。在爱乡情怀的驱动下，大家齐心协力保护环境，拯救家乡，清溪村的水土状况最终发生逆转，迎来了如今的秀美山溪。在整个环境蝶变的过程中，有那么一批不惧困难的先锋者，在群众中发挥了重要的领头作用，卜雪斌多次提到了村"两委"在生态修复过程中的突出贡献。他们利用卓越的领导力与组织力，将万众之心拧成一股绳，让星星之火聚成一束光，带领村民赢得了环境保卫战的胜利。

先　锋

"要问清溪村的自然环境有什么特点，我觉得是印证了习近平总书记的那句话——'绿水青山就是金山银山'。"这是村委会主任眼中清溪村最大的环境特点。周俊今年三十三岁，从小在村子里长大，2021 年年底回乡时恰好遇上村"两委"换届，在时任村支书贺志昂的鼓励下加入了村委班子。

当我们问到关于清溪村的情况时，他"哈哈"地笑了起来，脸庞上满是骄傲的笑容。他用简短的十二个字作了回答："村民善良，环境优美，生活幸福。"在他的眼中，清溪村这些年发生的最大变化，便是从 2007 年以前的生猪、家鸭养殖地与凉席加工厂，变为了现在的青山绿水。

周俊所说的生态环境变化确实是一场"山乡巨变"。环境治理是一个大工程，如果没有上级领导的支持，没有清溪村党总支的组织领导，没有下苦功夫、硬功夫，清溪村也许就无法迎来美丽乡村的蜕变。清溪村的老支书贺志昂就曾是环境保护工程的领头羊。

我们拜访贺老支书是在一个上午，他选择直接在自家住宅一楼的空地上接受我们的采访。一楼只有一面完整的墙，另外三面都留着充足的使空气流通的空间，环境非常简朴。他说这里没有太阳，又有微风从外面吹来，很贴近自然，很舒服。他给我们一人搬了一张椅子，又买了几瓶饮料，我们就这样开始了访谈。

当谈到清溪村的发展和建设时，贺老支书最头疼的问题便是环境整治，但同时，这也是他最骄傲的成就之一。

"我是2012年当上村委会主任的，上任以来，最主要的工作就是农村环境整治。那个时候叫'农村清洁工程'，过了几年又叫'农村环境整治'。2012年，村里用于'农村清洁工程'的费用是13万元，马马虎虎搞了个样子出来。"

提起这个话题，贺老支书便止不住话匣子，滔滔不绝地讲述起来。他仿佛在记忆中建立了一座关于环境治理的档案珍藏馆，现在正一册一册地取来念给我们听。他给我们讲了一个很有"味道"的故事。

"我们村收费站上的那条路是开支最大的，原来那里是通向灰山港、新市渡的一条县道，那条路两边的植物长得非常快，危害性大。"贺老支书本来靠在椅子的靠背上，说到这里时直起了身子，朝我们问

在家接受采访的贺志昂老支书

道："当时为什么花了这么多钱，你们知道不?"

　　见我们一脸茫然，他继续说道："邻村跟我们交界的地方有一口山塘，那些喂猪的，他们的猪死了，就全部丢到塘里面。这样导致在炎热的天气里，周边环境被搞得滂臭!"他特意加重了"滂臭"这两个字的音量，边说边把头扭到了一边，仿佛现在还能闻到那熏天的臭味。在炎热的天气里，气体分子运动得更加剧烈，在清溪村的这段时间，我已经深刻感受到当地的夏天是多么的"热情"。联想到此处，即使没有闻过填埋瘟猪现场的气味，我也不由得感到一阵恶心。

　　"我们戴着防护口罩，用挖掘机把那些死猪打捞起来埋了。埋了有多少呢?"贺老支书朝周围瞄了瞄，指向室外不远处的一辆大卡车，"最少装满了一辆东风车!"我顺着他的手指向外看了看，又马上把脑袋转了回来，难以想象一整车的死猪是什么样的景象！"你看，原来这里有好多死猪。"他看着我们，轻轻地摇了摇头。

贺老支书还说，那些死猪并不是清溪村人自己丢的。只因那个地方是公路，又是交界口，来往的人多，难以排查，成了一个治理盲点，所以让投机的人钻了空子。"人家弄一个麻布袋，或者水泥袋，把死猪装过来就丢到塘里面。你想想看，那个时候是什么味呢？"贺老支书说，他为了禁止别人再往山塘里丢死猪，还专门守着臭烘烘的山塘，准备抓一个现形，但最后并没有成功。

"所以，你说这花不花钱？连续三年，塘里面死猪的清理费用每年都将近三万块钱，每年呐！只搞那几段路。别个愿意去搞不咯？"说着说着，贺老支书的声音渐渐大了一些，又直起了身子，朝我们俯身过来，离我们更近了些。他一边继续开口，一边伸出手来比了一个数字六："我花了六百块钱一天，请人呐！两个人，三百块钱一个，还要配口罩，配防护罩。那个时候，我们请人本来只要一百块钱一天。"每说一个数字，他就换一个表示数字的手势，在我们面前晃一晃。他停顿了几秒，收回手，声音缓和下来："除了清理人员是三倍的价钱，开挖掘机的司机也要双倍的价钱，因为山塘的底部只有挖掘机能够下去。"

我听得愣住了。贺老支书对工作的细节记得特别清楚，他特别喜欢用数据说故事，一连串的数字一个劲儿地往外蹦。从这个细节上，我能感受到他对待工作那严谨负责的态度。从贺老支书的故事里，我能体会到他的艰辛不易，即使知道面临棘手的问题，甚至是生理上都难以忍受的难题，他还是奋不顾身地前往山塘，与工人们一起将污染源一车一车地运走，最终成功地解决了死猪堆积导致的污染问题，这样坚毅的品质着实让人佩服。

除了那个山塘的污染问题，处理村子周边堆积的垃圾也耗费了贺老支书的不少心力。2008年，清溪村景区开放。可是，到了2013年，景区发展就陷入了瓶颈，垃圾污染便是原因之一。"下一场雨，清溪渠两侧就都是垃圾。"想起当时的情形，贺老支书直摇头。

"如果你在这里堆一堆垃圾，一年、两年、三年，甚至五年、十年都没人清理，垃圾就在这里发臭，而且别人还会继续过来倾倒垃圾。如果不整治，垃圾就会越来越多，这里本来有一条路可以走，现在却不得不绕道另一条路，既浪费了土地，又破坏了环境。"贺老支书又开始清理陈年垃圾，开辟村庄道路。从担任村委会主任开始，他就严抓环境治理。经过多年的努力，他把清溪村应有的美丽自然一点一点地找了回来。如今，我们走在村子里，随处都能看到垃圾分类箱，这大大地便利了生活垃圾的回收处理。

环境治理当然不是一个人的事，清溪村村"两委"就是一支"先锋队"，他们相互配合、共同努力，一起打造美丽乡村。贺老支书还为我们介绍了村里的"三长制"。这并非基层治理当中的片组邻"三长制"，而是生态层面的田长、林长、河长制。"河长要巡河，田长要巡田，林长要巡林。""三长"分别管理监测田地、山林和河水。出于基层人力灵活调配的考量，"三长"并不单独设立，一般由村民小组组长兼任。贺老支书嘿嘿一笑，最后总结道："就是这样的，我们的组长跟'三长'都有关系。"

守 护

我还注意到，清溪村组建了一支"环境保护志愿服务队"。其中，共产党员占有较大比重，队长、副队长等核心成员都由村委成员兼任，专门负责处理与生态环境有关的问题。当村民们有相关需求时，他们可以在清溪村专属的微信小程序上提出诉求，村干部接收到信息之后，就会派出志愿服务队成员前往处理。

在村民服务中心值班时，我就听到了这么一件小事。2024 年 5 月，一村民家门口的排水沟因淤泥和杂草堆积，排水不畅，家里又都是老年人，体力有限，清理困难，于是便向村干部申请帮助。环境保护志愿服务队得知消息后，立即派人带上工具，前往现场了解情况，并当场将排水沟里的杂物全都捞了出来，高效地完成了任务。虽然这只是一件十来分钟就能解决的小事，但是积少成多，积善成德，正是这些点滴小事构成了清溪村对生态环境的守护。

我们还拜访了志愿服务队队员邓海波。邓海波为人非常谦逊，当被问及在环境保护方面所做的工作时，他是这么回答的："我没做其他的，只是把关于我老爸的环保监督工作做下去了。"他告诉我们，他的父亲在农村里养成了一个生活习惯，就是看到土里有残枝落叶，就想堆起来用火烧了。"他一烧，我就拿水去灭，一烧我就灭。"我们听了都笑起来，邓海波说着说着也笑了。

紧接着，他又说道："如果自己都做不好，那怎么去管别人呢？"这就是邓海波一定要先把父亲的工作做好的原因，当自己的家庭成为榜样时，他人就容易受到感召，模范领航的作用在这里也就彰显出来了。

如今，清溪村的生态环境已经十分优美，不需要像曾经那般大刀阔斧地实施治理项目，更多的是完善生活当中的小细节。"守护"是当下阶段的关键词，如清一清淤堵的水沟、劝一劝家里的老人、捡一捡地上的垃圾、举办一场环保知识竞赛……这些都是清溪村的"正在进行时"。村"两委"成员作为先锋，引领着每一个清溪人，让大家共同成为清溪的守望者，消除自然危机，维护美丽家园，并一直坚守下去。

走在清溪村的村道上，目之所及是溪流绿树，耳之所闻是鸟语蝉鸣。只要是在晴朗的日子里，我们几乎都能看到绚烂的夕阳与满天的晚霞。这时，我们来到画着《山乡巨变》连环画的大桥墩底下，等一辆绿皮火车"轰隆隆"地从桥上经过，衬着天幕上色彩烂漫的云霞，这景观美得如画一般。等到太阳落山了，路上的路灯亮起来，溪流里便会传来轻弱的蛙鸣。我们随便找一家文学书屋，坐在前面的阶梯上，抬头向天空看去，有时能瞧见点点繁星。我在一个夜晚偶然发现，清溪村的夜空上竟然挂着我只在小时候见过的星星，这一下子把我拉回到那段在屋外骑着板凳、摇着蒲扇的童年时光。"环境优美"带给我的感受在这一刻具象化了。我静静地仰望着闪烁的星星，贪婪地呼吸着周围的新鲜空气，享受着这种穿越时空的奇妙感觉。这美妙的时刻足以浓缩千言万语，这是一个拥有美丽自然环境的乡村才能给予的礼物。

（撰稿人：刘才辅）

绿色生态与智慧农业的交响

晨曦微露——清溪村初印象

第一次了解清溪村是在一堂主题公开课上，新时代文学村庄、山乡巨变、著名作家周立波的家乡……这些是它身上承载的关键词。

7 月，初来清溪，夏天的气息无处不在，空气里混合着泥土的清香与远处炊烟的淡淡味道。站在这里，仿佛置身于一幅宁静而和谐的画卷之中，让人感受到了一种与都市截然不同的宁静与美好。一列火车悠然穿行于广阔的田野之间，仿佛一条钢铁巨龙在金黄色的麦浪中穿梭，留下一道长长的轨迹。田间的蝉鸣此起彼伏，为这幅动态的画面配上了一首悠扬的乐章，为宁静的乡村增添了几分生机与活力。这是我对清溪村的第一印象。

我的老家在湖南省的西边，原始森林覆盖着大部分的土地，那边是古朴的传统耕作，是日出而作、日落而息，是牛拉犁耙，农民跟在后

火车从清溪村田野上的高架桥驶过

面的乡村景象。而在这里，我看见的是蔚蓝天空下，无人机在田地上
空盘旋，高科技的滴灌设施铺设在田间，一粒粒种子被精确地安放在
大地母亲的怀抱中。

我看到村民们使用现代科技在田间地头开始了他们的日常劳作，那些有着岁月痕迹的老者，步伐虽然缓慢却坚定地在田间穿梭；有的则在自家院落里忙碌，喂养家禽，收拾着自己的家庭农场。

在清溪村这片充满生机的土地上，有一位将先进技术与古老智慧融合的实践者——李斌博士，他用自己的双手编织着小龙虾产业的梦想与未来。

初次了解李斌，是在上网查阅清溪村资料时，我看到了关于他的报道。"2019 年，国联水产项目落户，与益阳高新农业开发有限公司共建智慧生态农场，成为稻虾示范基地、稻鱼种养示范基地和稻油轮作示范基地。"随着水产项目落地，如今的益阳乃至全国人民的餐桌上，多了一道"科技菜"——博士稻田虾，而这和这位驻扎清溪村 4 年的山东汉子有着密切的关联。

通过村里的宣传委员邓旭东，我们联系上了这位小龙虾博士。在清溪村的一隅，矗立着一座现代化的小龙虾工厂。工厂的外墙采用白色调，与周围的自然环境相得益彰。李斌带我们走进工厂内部，首先映入眼帘的是宽敞明亮的生产车间，先进的生产设备排列有序，自动化流水线运转自如，工人们身穿整洁的工作服，头戴卫生帽，专注地进行着各自的任务。

从挑选、清洗、分拣到包装，每一个步骤都严格按照高标准的操作流程进行。工厂内部还设有严格的品控部门，在工厂的一侧，有一个小型实验室，科研人员正在进行各种实验，确保小龙虾的品质与产量。

在自家田地忙碌的村民

国联水产的工人正在车间工作

如今，新时代的春风拂过清溪村，为这里的农业农村现代化铺设了一条越发清晰的道路，村民们的致富之路也因此越走越宽广。李斌与他的团队当前最为关切的课题，便是"让农民持续赚钱，让健康回归餐桌"。在他的眼中，小龙虾产业的全国产值已突破 5000 亿元，要想真正打通"任督二脉"，激发出更强劲的能量，唯有依靠科技的力量去探寻答案。

岁月流转——传统与现代的交织

谈起可持续农业、饮食健康这些话题，李斌特别热情，一下子就打开了他的话匣子。

"我之前看到一个新闻，复旦大学公共卫生学院对长江中下游发达地区，像上海、江浙沪那边，在 6 岁的小孩中采样、尿检，结果 60% 以上的受检者抗生素超标。尿液抗生素超标意味着摄入了大量含有抗生素的食物，经过代谢吸收之后，有的通过尿液排出来，有的还残留在身体里，这个肯定是严重危害健康的。"

"让健康回归餐桌"是李斌提及最多的话，也是他接下来的奋斗目标。2023 年，他们团队养殖的小龙虾获得 ASC 认证证书，国联（益阳）小龙虾种繁生物技术有限公司成为全球首家获得 ASC 小龙虾养殖认证的企业。

说起这些的时候，李斌脸上洋溢着骄傲的表情，他还想要构建一个小龙虾生态链平台。

"我们在网上看到，现在的智慧农场全都智能化了，你们这里有没有啊？"我们表达了对智慧农场的好奇，以及想要去参观的急切心情。

李斌笑了笑，看着我们一行人说："你们应该都是'00'后吧？你们在网上看到的关于智慧无人化的报道可能比较多，但是就目前来说，农民面朝黄土背朝天的情况很难全部改变，农业还需要一二三产业融合。只有实现产业化，农业才能有良好的效益，如果仅仅依靠土

热情讲解的李斌博士

地和基地是很难实现可持续发展的，农业的附加值也很难提高，我们应该理性地看待这个问题。"

他的话语中透露出对现代农业现状的理解和对未来的期望，同时也在提醒我们，在追求高科技的同时，不要忽视传统农业的基础性和重要性。

"如何着力探索一二三产融合发展的全产业链条乡村振兴新模式是我们正在研究的课题，清溪村现在采取的正是'公司+基地+农户'的这样一种模式。"

　　"清溪村的农户这么多，关于农户的选择，你们有一个怎样的标准呢?"有人对此提出了疑问。

　　李斌说，他们对于农户的选择有两个标准：一是要有上百亩规模的田地，他们会派技术员上门提供服务；二是农户要有超前意识和现代化经营意识。"我们现在称这类农户为'新农人'，新农村的发展是一定要由新农人接棒的，他们的沟通成本较低，而且，只有能接受新技术的农户才能长远地发展下去。那些思想保守的老农户会慢慢地被淘汰，他不赚钱了，自然也就不搞了。"

　　在农业变迁的历史长河中，从古朴的传统耕作到工业农业的兴起，每一个阶段都承载着人类与自然相互作用的篇章。最初，人们依赖简单的工具和原始的力量，在广袤的土地上播种希望，以汗水浇灌每一寸土地，并收获与自然亲密接触的喜悦。那时的耕作，仿佛是人与大地之间的古老契约，遵循着四季更迭的节奏，日出而作，日落而息，与自然和谐共生。

　　随着时代的车轮不断前进，工业发展的浪潮席卷而来，彻底改变了耕作土地的方式。机械化的铁犁替代了古老的牛耕，化肥与农药的广泛应用，使作物产量得到飞跃性的增长。一时间，农田变成了高效的工厂，农业生产力达到了前所未有的高度。然而，这背后却是土壤的疲惫与水源的污染，人们开始反思：追求更高产的同时是否忽略了与自然的和谐相处？

　　从最初的牛耕人种到如今的机械化作业，农业正在经历从体力劳动向智慧农业的跨越。无人机在田间盘旋，监测作物生长；智能灌溉系统精准供水；大数据分析帮助农民作出最优决策。这些现代技术的应用，不仅提高了农业生产的效率，还让其更加科学、环保。

历史的车轮滚滚向前，农业也应该在不断的变革与发展之中找到新的平衡点。

智慧之光——科技引领未来

2019 年来到清溪村，原本只打算待半年的李斌，结果一待就是 4 年。在清溪村待的时间久了，他深受周立波精神的感染。"我觉得周立波先生也是带着新的思维来开启农业生产的，对我而言，待在这里最重要的是可以通过这个平台，聚集更多、更先进的要素，进而改变生产力。"

深入田间地头、深入企业、深入市场，与员工谈心，真正了解大家的长短处并给出建议，李斌博士每时每刻都在思考如何盘活清溪农业，如何把农业这块蛋糕做大做好。

"其实，小龙虾产业在水产养殖产业中并不受重视，是一个边缘角色，但就是这么小的一个单品，现在竟能做到 5000 亿元的产值！作为快速推出的一个网红产品，能达到这样的规模，是非常可怕的。现在，它已经是一个很大的赛道了。"

在充分了解小龙虾产业的现状后，李斌有了新的想法：留在湖南，留在益阳，做好小龙虾产业。

基于长久的深耕，李斌对这片土地上的事物了如指掌，找到了这里分散的隐形资源。"思路梳理出来了，未来方向确定了，还需要很多资源的匹配，这对我来说很难。我的个人能力有限，这些资源需要市里面的主要领导来协调，这样才能匹配进来。"2022年下半年，在益阳市政府和益阳高新区管委会的支持下，李斌牵头整合了相关高校、科研院所和企业的优势资源，建立了新的产业创新平台。

他的小龙虾基地隐匿在热闹的清溪景区的"山那边人家"处，笔直的柏油路旁是方块格一样的田地，在很远处就能看到一个小龙虾的大型摆件，旁边的平房就是他常年居住的地方。他带我们进入房间，我们发现这里地方不大，只有一张床，旁边的衣架上挂着几件常穿的短袖。这里和我想象中的情形不一样，但是又似乎都在预料之中。

"要不留下来一起吃饭吧？"李斌热情地招待我们。从他房间的窗户向外望去，平整的农田尽收眼底，如同一块块精心裁剪的绒毯铺展在大地上，延伸至远方。盛夏的骄阳直勾勾地照射在土地上，金色的光芒与绿意盎然的作物交织成一幅宁静祥和的田园画卷，让人不由自主地沉浸在这份迟来的宁静之中。

夏日的阳光透过稀疏的树叶洒落下来，在稻田上留下斑驳的光影。蝉鸣声此起彼伏，微风轻轻摇曳稻穗，构成了一首悠扬的夏日交响曲。

李斌作为发起人，勇挑重担，企业的愿景是做全球最优质的稻渔食材生产供应平台，企业的使命是让农民持续赚钱，让健康回归餐桌。在清溪村这片土地上，他和他的团队正一步步将梦想变为现实。他们的努力不仅为清溪村带来了新的生机，还为全国绿色生态农业的美好未来描绘出一幅动人的画卷。

在这里，小龙虾与稻花鱼成为了大自然馈赠给这片沃土的精灵，它们不仅点缀着这片土地，更是生态循环理念的最佳诠释者。李斌说："用稻花鱼轮作后的田来种油菜，油菜长得又粗又嫩，而种在其他地里的长得就不行。"

稻花鱼是天然的害虫控制器。它们以稻田中的害虫幼虫、杂草和其他有机物质为食，从而有效地遏制了害虫的繁殖，减少了作物对农药的需求。如此一来，不仅守护了稻田的生态平衡，还提升了稻谷的品质，使其更加纯净自然。

不仅如此，稻花鱼在稻田间的穿梭嬉戏，就像是大地的呼吸，为水稻的根系创造了一个更加健康、富氧的生长环境。稻花鱼与水稻之间形成的这种共生关系，既是对自然法则的遵循，也是人类与自然和谐相处的表现，这使得每一颗稻谷都能在这样的呵护下茁壮成长。

"不少人对小龙虾有刻板印象，认为它们是在很脏的水沟里生长的，其实不然。如果生态环境引导得好，种上水草，水质很清，形成生态种养，这样养出来的小龙虾绝对干净。"李斌手指着窗外的小龙虾养殖地，很自豪地介绍着自己的"成果"。

"我们不仅有自己的基地，而且大部分农田都是与农户合作的，现阶段主要采取的是'和院士合作，派村民养殖'这样的模式。小龙虾这部分主要是我在负责，而刚刚提到的油菜是和官春云院士团队合作。"

2023年，清溪村通过土地流转，推进高标准农田建设，加强智慧农业应用。

"山那边人家"北峰坑

改造前的北峰垸村由于农田分布零散，且存在着土地积水和排水问题，无法进行大规模的机械化种植。为了解决这些问题，益阳高新农业开发有限公司联合本地村民对清溪片区 1000 余亩土地进行了土地平整和旋耕机翻土作业。过去的零散地块被串联成了规整的井字田，新开辟的水渠使土地免受旱涝之灾，田地里的残余稻茬也成为了促进油菜生长的天然养分。土地宜机化改造极大改善了清溪村土地的整体面貌，实现了由零散向规整、由泥泞向平坦整洁的转变。

"不要小看这些油菜，这些油菜可是大有来头的！"李斌说。

"这里种植的油菜品种名为'湘油 708'，是一种高油酸油菜，油菜苔可以吃，菜籽可以榨油，是两用型的新品种。等到明年开春，你们再过来看，这里开满了大片大片的油菜花，周末有很多游客来参观，很值得一看！"

听了李斌的介绍，我连忙在网上搜索了这个油菜品种，低芥酸、低硫苷、高油酸……油菜苔清甜鲜美，含有丰富的钙元素、钾元素和维生素 E；高油酸菜籽可榨油，油酸含量高达 82.3%，可与橄榄油相媲美。这种油菜确实全身都是宝。

没能亲眼看到油菜花开遍田野的画面，我们深感遗憾。他连忙拿起手机，给我们看他几个月前拍的照片：金黄的油菜籽充实饱满，粗壮的油菜秆上挂满了沉甸甸的菜籽角。在阳光的映衬下，油菜田犹如一块块金色的地毯，与周边的民房辉映成景。

既然错过了油菜花的最佳观赏季节，那一定不能错过参观小龙虾基地的机会。我们一行人组成了"找龙虾小分队"，很不巧的是，8 月中旬，已是小龙虾的丰收淡季，收小龙虾的季节早已过去。然而，在途中，我们有了意外的收获。沿着柏油路，我们一直走，时不时地凑近稻田。走近一看，稻田的水面平静而清澈，几只蜻蜓轻盈地掠过水面，偶尔停歇在芦苇叶的尖端。我们仔细观察，发现稻田中有着许多鲜活的生命——稻花鱼。8月正是稻花鱼活跃的季节，这些体型不大却极为灵活的小鱼，在稻田的每一个角落穿梭自如，它们时而潜入泥土中觅食，时而跃出水面呼吸空气。稻花鱼的存在，不仅为稻田增添了无限的生机，更重要的是，它们在清溪村的稻田生态系统中扮演着至关重要的角色——帮助清除稻田中的害虫和杂草，维持生态平衡。

在柏油路的尽头，有一个清溪智慧农业展示馆，其现代化的外观吸引了我们的注意，我们在"寻龙虾"的间隙走进了这个展示馆。进入展馆的第一时间，我们就被一句标语吸引了——"实现乡村振兴的重中之重在于农业发展"。而在新时代中国特色社会主义乡村，依靠科学技术助推农业现代化进程，正是清溪智慧农业展示馆的主题。

这个场馆占地面积不大，但让我们在现实中感受到了清溪村在农业方面的新"山乡巨变"，从书本走进了现实。在这里，我们看到了清溪村农业发展的历程，以及在推行"智慧农业"过程中所取得的成就。展厅里有一面档案墙，存放着从田间地头采集的数据，以及生产样本经过检测以后的纸质档案。

在陈列馆里，土地被赋予了独特的编号，相关的数据被详细记录在一百多份智慧农业档案中。这些数据汇聚成了一个集农业数字种植、信息化养殖、农工电商、农业物联网、产销溯源追踪、实时监控直播、农业电商于一体的"智慧农场管理平台"。这个平台不仅记录了每一寸土地的脉络，还为后续的农业生产提供了科学依据。

陈列馆的另一侧是先进农业生产技术的展示。智能电动阀门、农用无人机和智能除虫系统等先进设备都被陈列在这里。展馆中还排列了80多个透明容器，分别存放了不同种类的稻谷种子，展示着清溪村农产品种类的丰富多样。"每一季收成之后，饱满的庄稼果实注定要成为种子，农民把它们小心翼翼地收藏着，或装于布袋之中，或藏于瓶瓶罐罐之中，手握种子就有脚踏实地的感觉。"讲解员介绍道。这些种子不仅是农业科技的结晶，更是村民们辛勤耕耘的见证。

让我们印象最深的是一面贴满了儿童画作的墙。这些作品由小学生创作，内容都是围绕乡村振兴主题的，有成片的农田，有硕果累累的果园，还有高速发展的新技术……

今天的清溪村，将传统农耕和现代化的智慧农业紧密结合，智慧系统已在清溪村的农业现代化发展中得到广泛应用，智慧农业的应用面积已达3000余亩，涵盖稻鱼油综合种养、智慧渔业等多个方面，真正做到了"既富口袋，又富脑袋"。

绿意盎然——生态农业的希望

在清溪村，人与自然的和谐共处不仅是理想，更是生动的现实。正如这里的村民所说："真正的富饶来自大自然的馈赠。"村民们不再依赖大量的化肥和农药，而是采用有机肥料和生物防治技术，种植健康无污染的农作物。稻田里，鸭子和鱼儿自由游弋，帮助控制害虫和杂草，实现了生态共生。

清溪村的农业当然不只有小龙虾基地，为了更加全面地了解这片土地上的多样风貌，我们决定深入探访，寻找那些熟知村里每一寸土地的"活地图"。最终，我们找到了一位村里的"事事通"——邓春生，他不仅对村里的农业了如指掌，而且他和他的儿子邓旭东经营着一个家庭农场——清溪禾场上家庭农场。

"周立波的短篇小说里面有一篇《禾场上》，我受到书里面很多情境的感染，萌发了打造一个农场的念头，农场的名字就是来自这篇小说。"

邓旭东插嘴说："禾场就是我们现在看到的这个地坪，立波先生书里的人物乘凉时聊今年的收成，畅想明年的更多收获，让生活变得越来越好。我觉得这个跟我们做家庭农场的初衷是一样的，我肯定是希望生活变得越来越好。"

邓春生自豪地介绍着自己家的农场，意识到我们可能不知道什么叫禾场，他又说："很多人不知道禾场就是我们的地坪，是我们屋前用来晒稻谷的地方。小的地块，我们称之为前坪，大的就称之为禾场，要足够大才能够晒稻谷。"

在清溪禾场上家庭农场里，茶子花正在山头怒放，那场景宛如周立波先生在《山乡巨变》中所写："一连开一两个月的白洁的茶子花，好像点缀在青松翠竹间的闪烁的细瘦的残雪。""山茶树的肥料全部来自山下的蚯蚓田。"邓旭东指向一片山茶林。

邓家父子巧妙地利用自然资源，创造了一个循环共生的生态链。他们将牛粪、猪粪和鸡粪综合发酵，制成有机肥料，放置在山茶林下，为蚯蚓打造了一个理想的生长温床。山茶树为蚯蚓提供遮阴，而蚯蚓则为山茶树松土，促进其根系吸收养分。蚯蚓的排泄物富含养分，是绝佳的肥料，使山茶树苗壮成长。最终，包装好的成品山茶油每公斤售价高达 440 元，成为市场上的高端产品。

不仅如此，这些蚯蚓还成为了农场跑地鸡的美味佳肴。因为鸡群食用了富含养分的蚯蚓，鸡肉的品质得到显著提升，每公斤最高卖到 100 元，远高于普通鸡肉的价格。鸡蛋的价格也是普通鸡蛋的 2 倍，深受消费者的青睐。

这种生态循环模式不仅提升了农产品的质量和价值，还大大减少了环境污染，实现了经济效益与生态效益的双赢。

"我之前在广州运营新媒体，2019 年在村支书的召唤下回到家乡。"邓旭东告诉我们，他在村里工作期间，接触到国家发展"三农"的好政策，这才萌生创业的想法。

虽然邓旭东是土生土长的清溪村人，但他对农业却知之甚少，直到回乡创业后才开始接触农业。在这个过程中，他深刻地体会到了农民靠天吃饭的不容易。他的创业经历了很多次的波折。"我们最开始的想法是种一些山茶树，做成山茶油去卖钱，因为山茶油的附加值比较高。周立波先生开创了茶子花派，在书里面大量描写了清溪村山茶花盛开的景象，我们清溪村人对山茶树都有一种情结。"

"做了以后才发现，山茶树要经常除草，这个事我不爱干，我父亲一个人也干不过来。那我就想养几只鸡，俗话说，'土鸡出征，寸草不生'，鸡不但能除草，还能把草的根都拔了，让鸡去干除草这个活，比人省事。"在家庭农场里，土鸡在山野奔走，帮忙除草，这不仅提升了农产品的质量，还保护了生态环境，实现了可持续发展。

邓旭东说自己是回避型人格，私下里不太喜欢和人交谈，但当我们和他聊到他的家庭农场时，他从一个"i人"，摇身一变，成为了一个疯狂输出的"e人"。

最让我们感到新奇的是，在他家的农场里，鸡的脚上还捆绑着计步器呢！

"这个东西我们还是第一次见，鸡的步数也能计算出来吗?"

邓旭东为我们解答道："以蓝牙的方式，先通过脚环里面的芯片储存鸡抬脚的角度，超过35度，就算走一步，再通过蓝牙把数据传给接收器，接收器再把数据传递到我们的服务器，最后通过数据大屏，我们就可以精确地看到这只鸡走了多少步，这是第二代。"

"我的天哪，这个科技感太强啦!"有人在参观之余，不禁发出赞叹。

邓旭东听到之后笑了笑，接着说："我们家的鸡和鸡蛋在益阳算是小有名气的'网红'呢！若是想买，可得提前预订，通常要等上二十多天才能轮到。经常走路的鸡营养价值极高，大家都抢着要呢。"

他还补充道："我们的鸡大部分属于小型鸡，成年鸡也就三斤多一点，四斤出头。我家的鸡身上有两绿。相传，鸡是凤凰的后裔，这个高贵的血统体现在它的羽毛上，在阳光下，我们能看到它黑色的羽毛里面夹杂着帝王绿，这是一绿。还有一绿就是它下的蛋，壳是绿色的，这说明蛋里面的硒元素含量高。"

邓旭东对村里的生态环境充满信心，对自己精心养殖的家禽更是满怀自豪。这份自信，不仅源于他对这片土地的深厚感情，更源于他对每一寸土地和每一只家禽的悉心照料。村子只有发展得越来越好，才会有更多的年轻人愿意返乡工作和创业。"我们要运用现代化科技手段，做好'土特产'文章，让我们村的产业有更高的附加值和收益。"

"我要经我手把清溪乡打扮起来，使它变成一座美丽的花园，到时候，请你回来赏香花，尝果子。"周立波在《山乡巨变》中写下的美好愿景，在如今的清溪村已成为现实。

未来愿景——绿色生态与和谐共生

谈起清溪村，人们想到的是，这里是著名作家周立波的出生地，是文学村庄，而如今，清溪村已经远远超过了周立波当年的构想。在我眼里，它是一片会呼吸的绿地，是大自然的守护者。

在"山那边人家"的传感器如同大地的触觉，感知着土壤的湿度、温度和养分含量，并将这些信息通过无形的网络传递给中央控制系统。智能灌溉系统则像是大地的脉络，根据作物的实际需求精准供水，避免了水资源的浪费。无人机在空中轻盈地盘旋，进行病虫害监测和精准施药，既保护了作物，又减少了化学产品的使用。

智慧、生态、永续是清溪农业发展的三个关键词。如今的清溪村将传统农业与现代技术紧密结合，既提高了农产品的品质和产量，又为乡村旅游提供了丰富的资源。文学与经济在乡村振兴战略中的协调发展，犹如车之双轮、鸟之双翼，两者相辅相成、共同推进，有效地促进了乡村的全面振兴。

山的这一面，书香弥漫、古意悠悠；山的那一面，平畴旷野、稻油飘香。

在这里，智慧农业示范区正展现出现代农业的崭新面貌。科技与自然和谐共存，描绘着现代农业的美好图景。在这片充满希望的土地上，村民们与自然和谐共生，共同书写着人与自然和谐共处的美好篇章。

（撰稿人：袁妮）

党建引领乡村基层治理

　　清溪村，位于湖南省益阳市赫山区谢林港镇西南部，是一个人杰地灵、山水秀美的南方小村。现代著名红色作家周立波先生出生于此，并以此地为背景，创作了《山乡巨变》《山那面人家》等小说，这里因此享有"山乡巨变第一村"的美誉。

　　走进清溪村，一座巨大的"山乡巨变"石像雕塑立在村口，《山乡巨变》中的主人公们走出书卷，跃然眼前。雕塑中的人们农作、交谈，身姿挺拔，面带笑容。阳光洒下，整个雕塑仿佛被镀上了一层金光，显得宏伟壮观。看到这座雕塑的瞬间，我们好似回到了那个山乡巨变的时代。过去的乡村与现代化的村落以雕塑为界，边缘逐渐融合。我们在阳光中看到了清溪村的过去、现在与未来，看到了一个古老的村落在初心与使命的引领下，向现代化逐步走近。

　　周立波先生的《山乡巨变》以独特的视角，记录了中国农村在特定历史时期的深刻变革，这部作品不仅是一部文学创作，更是当时社会革命文化的缩影。在立波先生的笔下，清溪村的村民们在党的带领下，不断革新自我，打破陈旧思维，跟随时代步伐，以"我手"持续建设美丽农村。"集体的力量能带领大家克服一个又一个困难"这一理念在清溪村得到了具体的体现，村民之间的互助合作，彰显了社会主义新农村建设的核心理念。这种精神在周立波的笔下，成为了推动故事情节发展的重要动力。

在《山乡巨变》中，周立波用细腻的笔触勾勒出一幅幅充满生机的画面，展现了清溪村从传统农村向现代化农村转型的过程。书中的每一个角色都代表着不同的思想观念，他们之间的冲突与融合，正是当时社会变迁的真实写照。然而，不只是文学作品中的清溪村，现实中的清溪村同样经历了一场翻天覆地的变化。

从农业合作化时期至今，清溪村逐渐摸索出一套适合自己的基层治理模式。在党的领导下，清溪村的一代又一代基层干部始终牢记为人民服务的宗旨，不断加强自身的服务能力，提高自身的治理水平，投身于清溪村的建设和长远发展中。无论是基础设施的完善，还是村规民约的制定，基层党员干部总是冲在第一线，带领村民解决实际问题，确保各项政策落地生根。

清溪村自新中国成立初期起，始终紧跟党的步伐，加强党的基层组织建设，每一届班子成员皆紧紧围绕时代主题，坚持为党作奉献、为人民做实事。为了增强村庄的凝聚力，提升村民的归属感，真正做到"基层工作为了民，基层工作能为民"，清溪村党员干部在代代传承中总结经验，凝练核心。我发现，在清溪村有三大治理内容，浓缩了党建对乡村的引领，也正是这三大内容，成就了越来越好、越来越美的清溪村。

以身作则，党员先锋的模范作用

清溪村的基层治理工作能有如今的成效，离不开一届又一届村"两委"班子的辛勤付出。在这次调研中，我们团队采访到了清溪村健在的各届村"两委"班子，从他们那里了解到了清溪村的基层治理之路。一村之务，看起来小，但治理起来不易。我们常说，要加强乡村地方建设，打通乡村振兴的"最后一公里"，这"最后一公里"是决定工作成效高低的"一公里"，是真正触及群众的"一公里"，是一切工作落到实处的关键"一公里"。清溪村"两委"班子身体力行，贯彻落实这一理念，以"我手"打造美丽清溪，其核心精神就是肯干。

几十年来，清溪村的村干部们风雨无阻，扎实肯干，为民服务，为乡村的建设与发展默默地奉献着。这个传统从周立波时期就开始了。周惠岐支书与周立波有密切交往，他是合作化时期的老支书，是清溪村一个传奇般的人物。他没读过书，文化水平不高，但很有魄力，为百姓着想，肯干踏实。在他的带领下，清溪村修建了铁路。修建铁路是一个辛苦活，离家远，还需要付出很多体力劳动，也看不到什么好处，因此很多人不愿意去干。周老支书的儿子周益辉对父亲十分佩服，他说老支书的眼光十分长远，明白修铁路对地方发展的重要性。铁路修起来了，地方交通便利了，经济才能发展起来，百姓才能走出

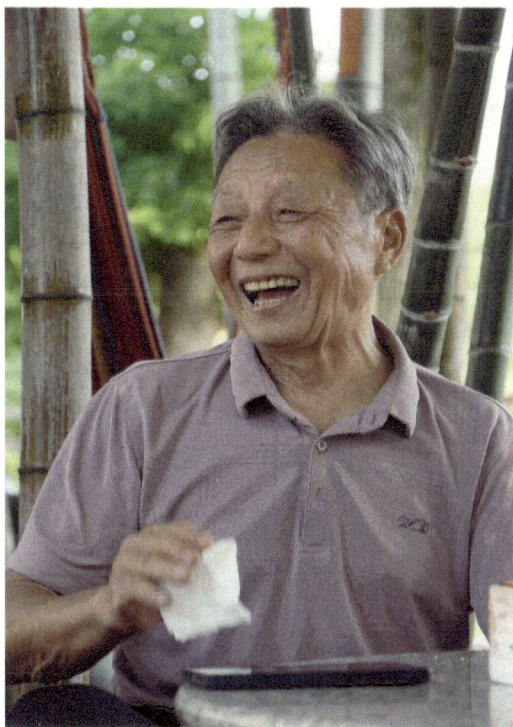
正在接受采访的周惠岐老支书的堂侄

去。这条铁路必须修，而且得赶快修！为了激励更多的村民去修铁路，并且不打退堂鼓，周老支书以身作则，把自己的儿子，也就是周益辉的哥哥们都送去修铁路。他的这一举动深深打动了村民，大家开始转变观念，投入到铁路的建设当中。就这样，清溪村通了铁路。

周仰如是建村以后的第一届村民委员会主任，2011年，他正式上任清溪村党支部书记。尽管当上了"干部"，有了办公场所，但回望那些年，他发现自己几乎没在村民服务中心的桌子前平静地待过几个小时。他每天要坚持两个巡视：清早起来在村子里转一圈，晚上回家前再在村子里走一圈，倾听大家的声音，解决大家的问题。

村子里总在发生大大小小的事，今天谁家因为占地和隔壁起争执了，明天谁家因为老人赡养问题吵起来了，大家谁都不服谁，村干部的作用在这个时候就发挥出来了。"有一年过年，"周老书记手扶着座椅扶手缓缓地说，"我接到消息，说有一家人不和睦，儿子们都不孝敬老人。七十多岁的老人家有三个儿子，却没有一个人给爹一口谷吃！大过年的，老人家也要吃饭呀，我马上就赶过去了。"说起这桩往事，周老书记的表情里仍能看见难过与叹息。"那家人的三个儿子，其中两个有病，日子不好过。可日子过得差一点没事，让老人家过年还要挨饿，太不应该了！"

"那您当时是怎么处理的？"我们感到好奇。

周老书记铿锵有力地回答道："我们调解问题，要站在'理'的角度上，我跟他们讲道理，但同时我也得有气势，压得住他们。他们听懂了，明白了，我就直接把谷仓打开，让老人带走了满满一担谷子。"从他的语气中，我们不难想象他当时能让那一家人心悦诚服地拿出粮食是有何等的气魄。后来，那一家人再也没找过周老书记调解过这个问题，相反地，每一年，那位老人都能收到儿子们主动送来的粮食。

每当村里决策重大事项时，清溪村的支委班子总是率先垂范，主动公开讨论过程。村民大会是必不可少的，平常的走动与消息的传递也是必然的流程。干部们始终坚定地确保每一个决定都能反映村民的心声，他们拒绝任何形式的私相授受，即便是自家的事情，也会自觉

在村民服务中心接受采访的清溪村原村支书周仰如

回避，避免任何利益冲突的可能性。除了以身作则的肯干精神，清溪村的这批老村干部们始终牢记着为人民服务的宗旨，在日常生活和工作中，身体力行地诠释着清溪村干部的第二个关键词：清廉。

我们去采访清溪村上一任支书贺志昂，因打扰了老人休息，我们十分不好意思地提了一箱牛奶给他，但他怎么都不肯收，说不要我们的东西，还为我们一人买了一瓶水。"清廉"这个词是我们采访清溪村老支书时听得最多的，它像是扎根在清溪村干部心中的信念，指引着每一位清溪村的村干部在阳光下前行。"清廉"是贺志昂的"不贪百姓的钱"，是周惠岐的"以身作则，辛苦的事自家人先上，有好处的事群众先上"，是周仰如的"办好事，不收钱、不收礼"。无论是处理村里的大小事务，还是对待邻里乡亲，他们都秉持着"不占百姓一分便宜"的

清溪村荷塘中的清廉诗句展板

原则，严于律己，力求成为村民心中的标杆。

在一代又一代基层干部的带领下，清溪村逐渐形成了一股清新的风气。村民们看到自己的干部什么事都带头干，生活中廉洁奉公，对他们也更加信任，更愿意配合村干部的工作，也更加积极地参与到村庄建设之中。通过大家的共同努力，清溪村不仅在物质生活方面得到了改善，更重要的是，整个村子的道德风貌焕然一新。

清溪村"两委"成员与党员们以自己的实际行动证明了，只有真正做到廉洁自律，才能赢得群众的支持和信任，才能更好地为人民服务。

他们用自己的经历告诉后来者，以身作则、清正廉洁不仅是对基层干部的基本要求，更是架起党同人民群众之间桥梁的关键环节。

情暖老党员，培育新党员

毫不夸张地说，清溪村是我见过的最关爱党员的村落之一。几乎每一位在清溪村担任过职务的支委提起清溪村的党员团队时都赞不绝口，他们直言："清溪村的党员个个都好！他们做事都积极，愿意帮忙，凝聚力强！"能铸就这样团结的党员团队，与清溪村对党员们的悉心关照分不开。

在清溪村，除了定期召开"党员大会"、开展主题党日以外，村"两委"的成员还会定期去走访老党员，了解他们的身体情况，解决老党员们的需求。对于身体不好，家境相对困难的老党员，村委会在一些节日出资慰问老人。在村里经济最好的时候，六十岁以上的老党员每人每个月都可以在村内领取补贴，一年可以领到两百元到六百元不等的补贴。

我在一个下午跟随清溪村的村"两委"班子前去探望老党员。因为白天村民们可能会出去办事，或者仍有农活需要忙，村干部们白天也需要在村内值班和处理公务，所以总是把这类探望活动安排在临近下班的时间，利用自己的休息时间来进行。那天已经快下午六点了，周俊主任、邓旭东委员（宣传委员）等人带着我和另一位同学一起前往老党员们的家。他们手里有一份名单，上面记载了清溪村目前年纪较大、生活存在困难的党员名册及住址。每当碰上节日，他们都会带上慰问金前去看望。老党员们的家比较分散，有的在村子深处，孩子们都没有留在村里，家里就剩下老两口，我们一家一家地去拜访。有一位党员爷爷穿着一件绿色的军衣，军衣非常旧，一看就知道穿了很多年了。周主任敲响他的门，爷爷奶奶迎面出来，看到他的瞬间就笑了。他们是老熟人，周主任拉着爷爷奶奶的手，问起最近身体情况怎么样，病是否还在看，最近吃些什么，孩子们什么时候回家，今年过年会不会跟着去城里过这类日常问题。送上慰问金的时候，爷爷奶奶连声说感谢，感谢党一直以来的铭记，感谢村里一直以来的帮助。几百块钱虽然不多，但其中的情谊与关怀却足够温暖。

党员们年轻时积极为党、为村作贡献，年纪大了有村党总支的人定期，为他们提供帮助，这样浓厚的关怀氛围，使得清溪村党员之间的关系越发紧密，凝聚力越发强盛。

除了对老党员提供关心与爱护，党员队伍要想扩大，还需要吸纳新鲜血液。清溪村支委每年都会在日常活动中进行观察，对于有责任感、能力强的青年人，支委会推荐其入党，经过严密的培训与程序后，符合要求的人才能最终成为清溪村党员队伍的一员，支委班子同时也会从这些年轻党员中进行选举。

除了支委自身培养的党员，对于每年在学校或是其他工作单位入党，回乡开具函调信的党员，清溪村党总支都会对他们进行密切关注，选择优秀党员进行沟通，如果有回乡意愿的，就积极招揽其回乡加入村委，建设家乡。清溪村现任村委会主任周俊和宣传委员邓旭东，就

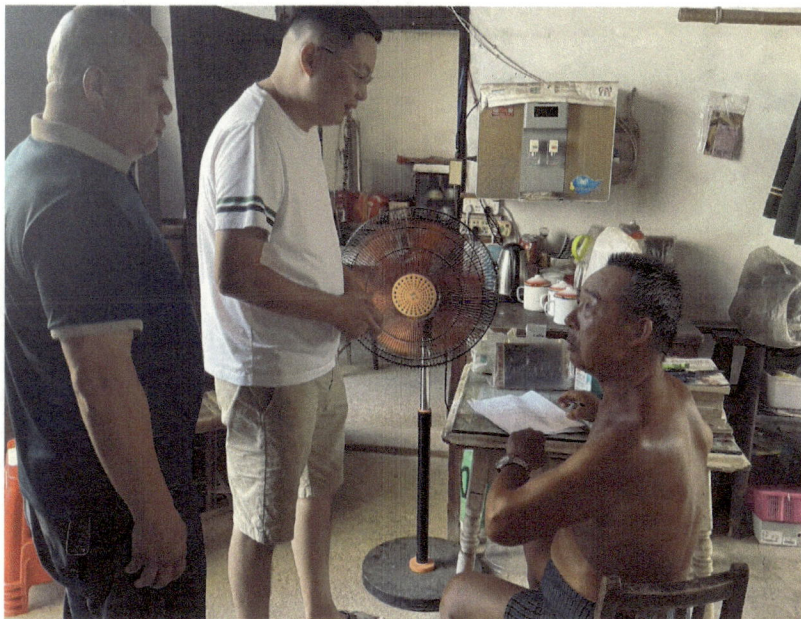

周俊主任去老党员家慰问

都是上一任支书贺志昂在为他们开具党员函调信时发展的。提到邓旭东的村干部从业历程，贺老支书特别有发言权。他说，邓旭东当时要入党，函调信发到了村子里，让村子调查其父母并进行回函，他便留意到了这个小伙子。邓旭东的爸爸是村里的老村干部，现在在村里搞生产养殖，人踏实，在村里有威望，他的儿子肯定也不差。于是，贺老支书给邓旭东发去消息，告诉他："函调信我可以给你，我们这帮干部年纪慢慢大了，村里需要新鲜血液，如果你愿意回乡，就考虑回村里工作吧！"这番话在邓旭东的心中埋下了回乡的种子。周俊主任彼时还在外地工作，收到了贺老支书的邀请，并有回乡的意愿，最终返回了家乡，被培养成为新一代的村委班子成员。

夜晚，邓旭东委员在茶子花街走家串户

清溪村将对老党员的关怀、新干部的培养与发展结合在一起，成为基层治理成效显著的底色。在清溪村，每一位干部都心系党员，而每一名党员都心系着群众，这个传统代代相传，影响着整个村子，使得村子的治理越来越顺、越来越好。

深入百姓家

在日常工作中，清溪村基层治理的用心体现在为每一件事的走访与奔波中。有一天晚上，我们接到周俊主任的电话，让我们协助他们调查、摸底茶子花街居民对房屋出租或出让的意愿。原来，政府要把茶子花街整体租下来，统一规划招商，村委需要动员村民迁出。没想到，这项工作是在下班后的晚上进行，周俊主任约我们在茶子花街口的擂茶店见面。当我们踏着夜幕到达时，周俊主任和宣传委员邓旭东已经到了，他们各自的手上拿了一叠厚厚的问卷。问卷只有9个问题，比较简单。出发前，周俊主任告诉了我们注意事项。他说："村民能自己填的就让他们自己填，不能填的由我们向他们解释，询问他们的想法后帮助他们填写。"茶子花街只有17个住户，我当时想，这个工作简单，只要去发发问卷，村民们填好后收上来就好了。我们一共被分成了两队，兵分两路，分别由周俊主任和邓旭东委员带队，一家一户地去找村民们填写问卷。

我们进入茶子花街时是晚上7点多钟。茶子花街离周立波故居很近，掩映在一片竹林之中。街道由青色的麻石铺成，长度不过百米，街道两旁坐落着两排青檐白墙的小民居。夜晚的街道灯影斑驳，少数几间房屋亮着灯，几个村民坐在门口的竹椅上，摇着蒲扇乘凉、聊家常。还有一些房子黑漆漆的，主人早早就上床休息了。看到我们一行人，坐在外面的村民连忙与周俊主任和邓旭东委员打招呼，并拉过椅子请我们一起坐。我们见机拿出笔和问卷，想要他们填写。结果，他们看着我们直摇头，说："这个我们不懂，不会写。"还有人说："我做不了主，等我的孩子回来，让他们帮我写。"我打量了一下，发现这些村民都是上了年纪的人。周俊主任说："他们的文化水平不高，需要我们详细地解释问题并引导他们回答。"刚开始时，我们精神饱满，进入第一户后，我们就泄气了。村民们说的都是益阳土话，他们说的我们听不懂，我们说的他们不明白，调查进行不下去了。周俊主任见状，说："这样吧，我和东东负责与村民们聊天，你们负责记录。"于是，我们跟着他们一户户地敲门，走进村民们的家里。村民们要倒水拿吃的，村干部们一概不要，只说坐下来聊聊，什么都不要准备。他们没有拿着问卷向村民们提问，只是聊着家常。他们会询问村民们的近况，谁家老人身体不好、谁家孩子刚结婚，他们都记得清清楚楚，并一一关心，无一遗漏。睡得早的村民听到村干部们为了茶子花街的事来了，马上穿戴整齐走了出来，积极配合我们的调查。没想到，几句家常话下来，问卷上的问题竟一个个地被问了出来。这种聊天式的调查进行得很顺利，村民们回答得也十分随意，但反映了他们的真实看法与态度。这颠覆了我们对田野调查的认知，我们在课堂上学到的知识与技巧在这里失去了用武之地，村干部们凭借长期的基层工作经验与对村民们的了解，已然明白用何种方式才能更好地倾听到村民们的真实声音。

就这样，我们一家一家地走访，一整条街走完的时候，已经晚上9点多了。我们和周俊主任道别时，他说："我们还有新的工作要处理，晚上要汇总访谈资料，今天又是加班到深夜的一天。"

基础设施三提升

清溪村，这片承载着革命记忆的土地，在新时代的春风中焕发出了勃勃生机。这里曾是革命先辈们奋斗的地方，如今已成为社会主义新农村建设的典范。近年来，清溪村始终坚持以人为本的原则，大力推动基础设施建设和公共服务提升，使民生福祉得到了显著增进。我们现在看到的清溪村山清水秀，风景如画，是一座充满现代气息的美丽村庄，是书卷气满溢的文化之所，是名不虚传的"山乡巨变第一村"。

但这并非清溪村本来的样子。从一个平凡甚至有点破败的小乡村逐步拥有今天的面貌，清溪村的建设离不开党的领导，离不开基层干部的默默奉献。在坚定的理想信念指引下，清溪村开展了以民为本的各项民生建设，体现在环境治理、道路铺设、业态转变等多个领域。通过一系列综合措施，清溪村逐步构建了一个现代化的基础设施体系，为村民们创造了更加便利舒适的生活条件。

污水处理提健康

在众多的改善措施中，最引人注目的当属清溪村的污水处理项目，它是清溪村最重要的工程建设之一。为了从根本上解决水污染问题，清溪村从 20 世纪 80 年代就开始了污水治理建设。每一届村委班子针对实际情况，都采取了一系列行之有效的措施，使河流的自然生态逐步恢复，村民的饮水与灌溉水安全渐渐得到了保障。

早期，清溪村水最严重的污染体现在河流方面。清溪村村脚处有一条河，位于村与村的交界处，上游还有许多工商业项目，因此河流长期被排放大量污染物，臭气熏天。21世纪初，为了从源头处治理河水污染问题，清溪村同步开展了两项行动：河流巡查监管与污染源关停。

当时，村里实行了严格的河流巡查制度，组织人员专门进行巡河工作，村干部坚持早晚两次巡河，检查是否有垃圾或其他污染物被倒入河道。据前任支书贺志昂回忆，有一阵子，河道里老是有死猪的尸体，特别臭，调查后发现不是本村人丢的。于是，村里派人在河道加强监管。有一天半夜，村里抓住了一个来丢死猪的人，是某猪场的。被严厉训斥后，猪场的人再也没有把死猪丢进过河道。河流巡查这一制度的严格执行，有效地遏制了随意丢死猪和倾倒垃圾的行为，保持了河道的清洁。

针对沿河的工业污染源，政府也果断采取行动，对周边的工厂进行了搬迁或关闭，禁止任何工业废水未经处理直接排放到河中。这一举措虽然给村里的经济发展带来了一定压力，但从长远来看，却是保护生态环境、保障村民健康的根本之道。此外，清溪村还特别注重源头治理，禁止在河岸两侧养猪，以减少畜禽养殖对水质的影响。清溪村通过科学规划，引导养殖户向远离水源的地方迁移，并鼓励发展生态养殖模式，减少污染物的排放。除此之外，为了进一步改善地下水质，清溪村还斥资铺设了地下水管道，提升村子的污水排放能力。

通过这些综合措施，清溪村的水环境得到了明显改善，昔日浑浊不堪的河水逐渐变得清澈见底，河岸两旁的绿色植被也日益茂盛，生态环境焕然一新。

道路修建提颜值

除了污水处理项目外，清溪村在其他基础设施建设方面也取得了显著成就。20 世纪 90 年代，村里因为兴起了一股淘金热，账上多了不少资金。村委决心把这些钱用于乡村建设，提升村民的生活质量，于是在基础设施、生活服务、道路改善等方面都做了一定的工作。

在这一过程中，修建的最重要的一条路就是从村口通往周立波故居的路。为了让周立波故居出现在大众视野中，便于游客参观，周仰如书记在工作期间，坚定不移地组织修建公路。原本破败泥泞、行走不便的路被一点点挖开，从村口一直通向故居门口。路通了，人就来了，人来了，村子的旅游业发展才有了希望。周仰如书记一开始也不知道这路修通了，会不会吸引游客过来，但他有那样一种直觉——清溪村要富起来，周立波的名片必须打出去！他说："就算不靠旅游，周立波先生这么伟大的人物，也不能埋没在了山沟里。这路，得修！"路就这么修起来了。一年又一年，从各级领导干部到作家，再到慕名而来的文学爱好者、追随者，抑或普通游客，纷纷踏着这条路前来，周立波故居逐渐有了人气，他的事迹与文字得以被更多人看到。

通往周立波故居的路修好了，其他路的修建工作也要跟上来。于是，周仰如书记又带领着大家开始在村里修建公路，实现公路通到家家户户，让家和外面的世界联通起来。就这样，原先坑洼不平的土路被宽阔平坦的柏油路取代，不仅美化了村容村貌，还极大地改善了村民的出行条件。特别是在农产品运输方面，畅通无阻的道路大大降低了物流成本，提升了市场竞争力，为村民带来了实实在在的经济效益。

业态转变提收入

村子里的基础设施建设好了，那终究是集体的，要想让村民的个人生活得到改善，真正提高人民群众的归属感、幸福感，经济水平就必须提升上来，要让大家都有活干、有钱赚。因此，清溪村坚持以经济发展为中心，推动产业结构调整，为村民指明就业方向。

清溪村依托丰富的历史文化资源，精心打造了以周立波故居为代表的红色旅游景点，吸引了大量游客前来参观学习。红色旅游不仅成为了清溪村的一张名片，还为村民们带来了可观的经济收益。

为了让产业业态更加丰富，全面提升清溪村旅游业的品质，清溪村在当地配套建设了二十几家农家书屋，营造了浓郁的书香氛围，还配套建设了大量高品质的民宿。这些民宿不仅装修精美，设施先进，还融入了当地的文化元素，为游客提供了舒适便捷的住宿体验。优美的自然环境和完善的配套设施，使得清溪村成为了一个山清水秀、宜居宜游的理想之地。书屋和民宿的建设稳固了清溪村的旅游业，为村民提供了大量的就业岗位，他们足不出村就能工作，还能享受五险一金，生活有了充分的保障。这条独一无二的文化旅游村庄的建设路径，也让村子的环境变得越来越好，越来越美，村民们住得舒心，清溪村才能更好地留住人才。

近年来，清溪村在第三产业取得了显著成效。清溪村定准了方向与基调，在党的领导下，在基层干部的努力下，清溪村的面貌正不断发生改变。在现代化的文学村庄的引领下，清溪村的农业生产也不落人后，村子对农业区与旅游区进行了合理区分。农业区主要集中在远离旅游区的地方，避免了农业生产对旅游环境的影响。农业区内设有养鸡场和小龙虾养殖基地，引进了高科技养殖技术。小龙虾养殖基地有专业的科研人员进行研究与实践，极大地提高了养殖效率和产品质量。通过引进科研人才和高新技术，清溪村实现了农业生产的现代化，提高了农产品的质量和产量，进而增加了村民的收入。

清溪村通过文化旅游发展和现代农业转型，实现了经济的持续健康发展。在这个过程中，村民们的生活质量和幸福指数不断攀升，清溪村正朝着更加美好的未来稳步迈进。

公共服务暖人心

文明新风乐融融

清溪村非常注重精神文明建设，村里有一个文明实践站，配备了羽毛球、乒乓球、篮球、足球等器材，还有一大批图书，供村民们自由使用。村里的老人经常带着孩子们来到这里，老人们避暑、歇息，孩子们翻看绘本、漫画书，或是抱着篮球拍打一阵，这是他们最喜欢的去处。

傍晚，村民在游客中心门口跳广场舞

实践站前有一块修整好的水泥地，平坦开阔。白天，村民们在这里打羽毛球；晚上，这里就会变成阿姨们跳广场舞的地方。阿姨们每晚都在这里跳舞，让我们意想不到的是，阿姨们的舞蹈水平很高。她们跳的不是普通的健身类广场舞，而是有一定技术含量的体育类舞蹈，如桑巴、牛仔等，她们跳舞时穿着高跟鞋和专业的舞蹈裙。有一个阿姨对我说，以前村子里的路没有这么平坦，没有这种又大块又平整的地方，跳舞的时候，高跟鞋的鞋跟很容易扎进去，会扭伤脚，很不安全。现在，村里建了实践站，晚上还开着灯，地也平坦，她们跳舞总算有了好去处。

离实践站不远就是村口，在每个周末的晚上，这里会播放露天电影，村民们都搬着小凳子坐在广场上看，村里的娱乐生活真是有滋有味。实践站 24 小时都有人值班。白天，村干部们在里面工作，为村民们提供服务与帮助；晚上，村干部们在里面值守，解决村民和游客的突发问题。有一天晚上，村里停电了，实践站是独立的电路，因此灯还亮着。那一晚，清溪村的村民们都聚集在实践站，在灯光下聊天、嬉闹，其乐融融。

社会保障护安康

清溪村的社会保障工作也做得很出色，令我印象最深的是，这里的医疗卫生条件非常好。出村不远就是镇上的卫生所，经过扩建和设备更新，卫生所具备了较为完善的医疗功能，村民们可以就近享受基本医疗服务，常见病、多发病的检查和诊治都不需要出村。

卫生所分为两个部分，一楼是门诊、买药和化验的地方，二楼往上是住院区。门诊设置比较简单，有两间中医门诊，虽然挂的是中医门诊的牌子，但医生什么病都看。我刚到清溪村调研时，因为肠胃不适需要看病。我原本以为在村子里看病会有些麻烦，没想到卫生所设备齐全，血常规、尿常规、大便常规、流感检测等常规检验都能做。

卫生所里的检验结果出得很快，看病和开药还可以使用乡村医保，方便快捷的同时还很便宜。给我看病的医生在清溪村工作了很多年，他是一个老党员，听说还有医学院的调研团队来采访他，了解乡村的医疗体系。他一边看着我的化验单，一边笑着说："清溪村好起来了！来我们这的人越来越多了！"

村里卫生所的工作虽然不复杂，但要求其实并不低。因为没有条件配备很多医生，所以村里卫生所的医生对什么病症都得懂。熟练的医生还能记住村子里各位村民的身体情况，尤其是对老人家的基础疾病十分熟悉。为了防止随着一代乡村医生逐步老去，乡村卫生所出现后继无人的窘况，清溪村的卫生所非常注重引进新鲜血液。我去看病的时候，卫生所内就有刚毕业的见习医生跟着老医生学习，他们大多是本地人，都说学成后希望能留在家乡工作。

清溪村通过一系列扎实有效的举措，不仅提升了基础设施水平，还显著改善了公共服务质量，让每一个生活在清溪村的人都能感受到实实在在的幸福与满足。这些变化不仅是物质生活的提升，更是精神面貌的革新，展现了新农村建设的美好前景。

在清溪村的发展历程中，基层治理是推动乡村振兴的重要力量。从历史的脉络中，我们看到了清溪村在党的领导下，通过不断创新与努力，逐步建立起一套有效的治理模式。无论是为民奉献的坚定决心，还是全力打造的民生工程，清溪村的基层治理都彰显了"但行实事，不问前程"的奉献精神。

基层干部始终站在服务群众的最前线，不断解决实际问题，改善民生条件，赢得了村民的信任和支持。与此同时，清溪村在基础设施建设与公共服务提升方面取得了显著成效，为村庄带来了新的活力。面对新时代的机遇与挑战，清溪村的基层治理仍然在探索适应新形势的方法。青年人作为未来的接班人，肩负着继往开来的重任。他们将在前辈奠定的基础上，继续开拓创新，为实现乡村振兴的美好愿景贡献智慧和力量。

（撰稿人：姚佳怡）

党群连心，创新自治

在乡村振兴的大潮中，清溪村如同一颗璀璨的明珠，以其独特的基层治理模式和深厚的文化底蕴，绘就了一幅幅动人的崭新画卷。目前，清溪村总面积为 9.5 平方千米，有 60 个村民小组，共 1884 户 6155 人，党员有 262 名。2021 年以来，清溪村开始高质量推进红色美丽村庄试点建设工作，以红色精神传承赓续，不断激发党员干部与村民的内生动力。清溪村在党的引领下，在多个维度上展现出了乡村基层治理的新模式、新路径，奏响了"富民强村、景美人和"的美丽村庄发展乐章。

党建引领，党群连心

暑假期间，我们被安排在清溪村村民服务中心值班，大厅值班。连续值班 3 天后，我觉得有点不对劲——村庄有着 6000 多人口，村民服务中心便民服务大厅却门可罗雀。我不禁心生疑问：村民都不来这里办事或反映问题吗？村委会主任周俊告诉我，这是因为清溪村有一

套自己的基层治理体系——"三长制"，由邻长、组长、片长共同编织
了一个党群连心网。在这个治理模式下，村民们的很多问题得到快速
解决，不需要再到办公大厅来处理。有了党群连心网后，清溪村的村
民们不仅生活得安心、舒心，更感受到了党组织的温暖与力量。

邓春生，一个清溪村土生土长的农民，自 2007 年起便在村民小组
工作，现在是核心景区片区的片长，也是党群连心网中的一个节点人
物。他所在的村民小组，实行的是网格化管理，具体来说，就是一种
将村庄精细划分、责任到人的新型治理模式。村里每一个片区都会有
对应的网格群，村民们会在群里反映问题，由邻长先与村民沟通、协
商，再汇总上报给组长进行初步研判，最后由片长邓春生统筹协调，
制定解决方案。这种层层递进的处理方式能确保事项有序解决。值得
一提的是，"三长"们大多是党员，也是本村德高望重的"乡村能人"，
他们是连接党群关系的桥梁。

邓春生负责的网格内有 6 名党员，他们组成了一个紧密的团队，
共同处理网格内的大小事务。除了网格成员外，还有驻村镇领导全程
监督受理，保证每件事都得到妥善解决。"有时候，小事情我们就一两
个人自己解决了，但如果遇到矛盾比较尖锐的事情，我们 6 个党员会
一起商量出一个比较好的解决方案。"他们日常处理的事务大致分为三
类：管理基层事务、关怀特殊群体和接待景区游客。其中，管理基层
事务最为复杂。基层事务包括了解村民的需求与困难、维护基础设施
运行、处理群众矛盾等。"最困难的就是处理群众矛盾，如调解邻里之
间的土地矛盾、分配矛盾等，但是再难也要将问题和困难在我们这里

整齐排布的清溪村民居

解决掉。"邓春生说。他在处理群众矛盾的实践中摸索出了一条经验，他说很多群众工作如果按照书本上的条条框框去做，是行不通的。"老百姓很实在，他们大部分是既得利益者，主要看自己有没有吃亏。"邓春生说："很多人也懂'退一步海阔天空'的道理，但关键是要让他们感受到我们的真心和诚意。"因此，邓春生在与村民沟通时，总是站在他们的角度考虑问题，用他们能理解的方式去解释政策、解决问题。有时候，他还会请村民们喝上一杯村里的特色擂茶，在轻松愉快的氛围中"悄悄地"把矛盾化解了。

除了处理基层事务外，片组邻"三长"们还需要时刻关注一些特殊群体，如五保户和孤寡老人等，帮助他们缴电费、联系抢修，确保他们的人身安全和基本生活得到保障。"我们家附近就有一家五保户和一家特困户，他们两家停了电，我都要负责帮他们缴电费。前两天，这里下暴雨，他们家又停电了，我就赶紧帮他们联系抢修。后来，抢修队说暂时过不来，我就从自己家里接了一根电线过去，先帮他们应急，再等电力局来彻底修好电路。"有些时候，片组邻"三长"们还会协助村委，负责接待参观景区的游客，如陪同老年游客游览景区，确保他们的人身安全，让他们有一个良好的游览体验。

邓春生的工作琐碎而繁杂，但每一件事都关系着村民的切身利益。从与村里老人沟通、维护基础设施，到处理邻里间的土地矛盾、分配矛盾，邓春生总是冲在第一线。他说，只有把矛盾和困难在他这里解决掉，村里、镇里才能有更多的时间和精力去搞建设。因此，他总是尽心尽力地做好每一件小事，确保村民们的生活不受影响。大年三十的晚上，当大多数人沉浸在节日的欢乐中时，邓春生还要坚守岗位，担负村里禁燃禁炮的巡逻任务，确保村民们过一个安全祥和的春节。

邓海波是邓春生负责的片区下面的组长，他的工作主要是协助邓春生处理日常事务。当过兵的邓海波笑着说："如果邓春生是将军，我就是他的联络员。""遇到问题时，第一时间找联络员。"邓海波说："联络员再去查看、报告给片长，能处理我们就处理，处理不了我们就继续上报。"这种分级处理、逐级上报的机制，可以确保村民们的诉求得到及时有效的回应。

邓海波讲述了一个自己亲身经历的故事。有一次，一位老人在河边不慎滑倒摔伤，被一位路过的游客发现，通知了邓春生。邓春生接到消息后，立即联系了邓海波和其他网格员。大家迅速赶到现场，将老人送往医院救治。"如果没有网格员，单凭一个人的力量是不够的。"邓海波感慨地说。

除了应急事件的处理，邓海波还担负着村子的日常维护工作。有一天晚上下冰雹，树和竹子都被压在了路上，导致交通受阻。他接到邓春生的电话后，立即拿起电锯，前往现场清理道路。"当时路很滑，我还要去清理这些东西，确实很危险，差一点就被树砸到脑袋了。"即便这件事已经过去很久了，但我仍能在他脸上看到劫后余生的庆幸。在邓海波看来，这些工作虽然琐碎，但意义重大，"不能说因为是小事就没人管了"。

有人开玩笑说："邓哥，你这处理这么多事，村里面给的工资应该不少吧?""没有工资,我觉得这些事都是我应该做的。"邓海波朴实地说:"我是党员,也是本村的一分子,村里出现了紧急情况,我该上还是得上!"

片组邻"三长制"的有效运行,离不开基层工作者的认真负责与无私奉献。邓春生、邓海波等人充分发挥了党员模范作用,以实际行动生动地诠释了责任与担当,实现了为民排忧解难、为基层组织减负、办事增效的目标。片组邻"三长制"令清溪村的党员与群众紧密相连、心手相牵,共同书写乡村振兴的壮丽篇章。

青春回响,筑梦基层

第一次见到清溪村村"两委"班子时,我吓了一跳。在我的认知中,村干部应该是历经岁月沧桑、"上了年纪"的老干部,想不到这里的领导班子如此年轻,比我们大不了几岁,熟识起来后,我们都哥长哥短地称呼他们。在清溪村的 2 个月时间里,共事最多、令我印象最深的村干部当属村委会主任周俊和党总支委员、宣传委员邓旭东。

周俊,33 岁,2015 年毕业后在长沙设计研究院工作了 5 年。2021 年年底,恰逢村"两委"换届,时任村支书贺志昂找到了他,希望他能回到村里,为家乡的发展贡献力量。就这样,周俊回到了清溪村,起初担任副支书,负责人居环境协调、农林水等工作。如今,他已成长为清溪村的村委会主任。他说:"我从小在村子里长大,和周立波有血缘关系，我是他的曾孙，我的爷爷是周立波的侄子。我和村子有着深厚的感情，恰好换届有机会，我就想着回来做些事。"周俊回村后，牵头成立了清溪村企业服务管理有限公司，这是一家劳务公司，根据清溪村景区的劳动力需求，招募符合条件的村民。通过与周边企业的合作，公司成功吸引了大量年轻人回村就业，为村庄注入了新的活力。

梁晓声书屋的管理员小芳便是周俊招进来的。小芳年轻、充满活力，她每天穿着整洁的工作服，妆发得体，且能说一口流利的普通话。空闲时，她会写小说和诗歌。每当有嘉宾来参观书屋，她都会根据其喜好准备解说稿。梁晓声书屋的布置也独具匠心。夏天时，前台备有防暑药、创可贴、防蚊虫叮咬液等常用药品。书堆造型各异却井然有序，室内还摆放着小盆栽，小芳侄女养的小狗也时常过来串门，为寂静的乡村增添了几分生机。像小芳这样回乡的年轻人越来越多，他们既能与家人团聚，又能增加收入，还促进了家乡的发展，实现了三方共赢。周俊满怀信心地说："我最想把公司扩大成集团，这样就能吸引更多人才回来。现在就是最好的机遇，清溪村有上级领导的批示，各级领导也高度重视，我们的发展前景很好。"

在周俊之前的几任村干部们都非常重视村子的生态环境建设，他也不例外。他组建了一个由村民组成的环卫工队伍，一是可以促进村民就业，二是可以有效地遏制破坏环境的行为。"因为都是一个村的，大家多少都沾亲带故，谁要破坏环境了，环卫村民就会去制止。这样一来，大家也就不敢随意破坏环境了。"环卫工队伍成立后，清溪村的环境质量得到了显著提升，成了远近闻名的美丽乡村，充满了生机与活力。

邓旭东比周俊小一岁，我们亲切地称他为"东哥"，也叫他"鬼火少年"，因为他常在夜晚骑着发出五颜六色光芒的斯托纳边三轮车，在漆黑的乡间小道上不紧不慢地穿梭，走家串户。他是一个热爱新奇事物、愿意不断尝试的年轻人。邓旭东大学毕业后在深圳打拼，专注于钟表功能、信息测评与新媒体传播工作，收入很可观，他也是受到贺支书的召唤回到了村里。有人调侃说："'东哥'回村后把林肯轿车换成了小小的 smart 轿车，又换成了更方便的'鬼火'电三轮，生活质量不增反降，你不觉得亏吗？"他却毫不在意。他坚信自己的眼光，认为在政策的引领下，有清溪文旅公司专业化的投资运营，再加上清溪村独特的文化底蕴和自然资源优势，村子的前景非常光明，乡村振兴的最终实现指日可待。他说："这可比林肯车更贵、更有价值。"

邓旭东回村后担任了党总支委员、宣传委员，他的日常工作繁忙而充实。近年来，各大媒体不断地来到清溪村采访、做节目，各大院校的师生们来这里调研，还有很多文化界人士慕名过来采风、写作。因为工作职责所在，也因为口才好、形象佳，邓旭东负责起了媒体和外界人士的接待工作。除此之外，他还要经常接受采访，我们在各大媒体的新闻报道和各种宣传视频中都能见到他的身影，他现在已经成了清溪村的"形象代言人"。

那是一个炽热的午后，我正在村民服务中心值班，突然迎来了一支来自湖南师范大学的"三下乡"队伍，他们是专程来清溪村调研的。邓旭东不仅耐心地接受了采访，还亲自带领学生们走访了周立波故居、中国当代作家签名版图书珍藏馆等地。整个流程下来，耗费了他一个下午的时间。我好奇地询问："你平时经常接受采访吗？"他微笑着回答："确实，清溪村名声在外，许多媒体和学生慕名而来。作为村里的宣传委员，我自然要尽心尽力，满足大家的需求。"我感慨于他的忙碌："你不仅要处理村里的事务，还要应对各种采访，真是辛苦了。"东哥笑了笑："忙确实会忙一些，但是村里的宣传就是这样，你不去和别人讲村里的故事，人家怎么了解你呢？"他还告诉我："今天，湖南卫视在村里还有拍摄任务，我一直在协助他们，刚把他们带到拍摄点位，我就赶过来了。"

有一次，我们正在午休，一阵急促的电话铃声打破了这份静谧。我拿起手机，屏幕上显示着东哥的名字，他的声音透过听筒传来，带着一丝迫切："益阳市正在拍摄宣传片，我们想拍摄一组村干部和年轻人交流的视频，你们现在方便出镜吗？"听到是村里的宣传需要，我们二话没说就答应了下来，迅速整理好自己，在梁晓声书屋里等待东哥的到来。

不久，东哥的身影出现在门口，身后跟着几位肩扛摄像机的工作人员。我们一起将几张长椅围成了一个圈，这便算是临时的拍摄场地了。布景完成后，东哥与摄像师讨论起了拍摄的细节——角度、景深、景别，每一个细节都不放过。看得出来，他平时肯定没少干拍摄的活儿，是这方面的行家。拍摄细节确定后，我们围坐成一圈，东哥站在中间，别上麦克风。随着摄像师的一声"开始！"，东哥脸上的疲惫瞬间消失，取而代之的是亲切的笑容。摄像机让我们感到些许紧张，东哥却显得从容而熟练。尽管没有提前准备稿子，但书屋和村里的故事他早已了然于胸，很轻松地便能讲出几件趣事，逗得我们"咯咯"地笑，紧张感也随之消散。

到了互动环节，我们被要求分享对梁晓声的看法，虽然已经是梁晓声书屋的"常客"，但猛然讲起他，我们还是有些手足无措。幸好东哥看出了我们的困窘，他鼓励我们："讲讲你们对梁晓声先生的了解，他的名言，或者他作品里让你印象深刻的画面都可以。"听到提示，我突然想起梁晓声的"最能打动我的，一直是普通人的孤勇"，于是讲起了自己的见解。东哥一边听一边投来鼓励的目光，让我紧张的心情逐渐平复，言语也变得流畅起来。在拍摄结束后，东哥和摄像师核对了一遍视频，满意地点了点头，便和我们一起将书屋里的布置还原，随后急匆匆地上了门口的电瓶车，奔向下一个拍摄地。

在我们"驻村"的2个月时间里，邓旭东几乎每天都在接待、接受采访、出镜、拍摄当中忙碌着。此外，他还积极参与各类文化交流活动。例如，他在乡村文化论坛分享清溪村的文化振兴经验，在乡村文创产品设计大赛中担任评委，鼓励更多人将创意融入乡村发展。这些活动不仅提升了邓旭东个人的知名度，更重要的是，它们如同一股股强大的推力，将清溪村的文化名片推向了更广阔的舞台。

周俊和邓旭东的故事，是清溪村青年党员回乡创业的缩影，越来越多的青年像他们一样选择回到家乡，而清溪村的发展正需要这些有学历、有才干的年轻人发挥作用。近年来，清溪村以"政治素质好、工作业绩好、团结协作好、作风形象好"为目标，调优配强班子队伍，优化"两委"成员结构。村"两委"11人中大学及以上学历的就有8人，占比72.7%；"80后""90后"干部7人，占比63.6%。在这些年轻人的努力下，清溪村正逐步实现从"输血"到"造血"的转变。我们相信，清溪村的乡村振兴之路会越走越远、越走越好。

数智转型，赋能治理

清溪村在智慧乡村的实践探索中是卓有成效的。初到村里时，我发现村民服务中心便民服务大厅与功能室之间，巧妙地设立了一个小巧的房舍，内部陈设着一个整齐的货架，摆放着牙膏、肥皂、油、盐、酱、醋等日常用品。起初，我误以为这是村里为方便村民而开设的小卖部。然而，当我仔细观察时，发现每件物品前都精心地贴着一个小巧的便签，上面标注着"1积分""2积分"等字样。经过询问，我才知道，这是村里设立的"积分超市"。村民们只要参与村里的各项活动，包括志愿服务、环境保护等，就能按照相应标准累积积分。这些积分不仅可以在"积分超市"中兑换实物奖品，还可以在特定场合享受优先权或优惠待遇。积分排行榜分为个人排行榜与家庭排行榜，每个月月初会在清溪村数智小程序上更新一次。这个小程序现在由邓旭东负责，他说，设置排行榜让村民们有竞争意识和归属意识，可以促进村民们积极参与到村里的事务当中。这种积分兑换奖品的方式，不仅富有创意，更在无形中激发了村民们参与村里事务的热情，让村民们在享受兑换乐趣的同时，也感受到村里对大家的关怀与认可。同时，这一制度也为村里的奖惩机制搭建了一个高效、透明的平台。

数智小程序还设置了党建引领板块，通过线上课程学习、线下设置党性教育点和党员评比这三个部分，形成了线上与线下相结合、理论与实践相融合的党建教育新模式。在课程学习部分，数智小程序充分利用《党课开讲啦》等短视频和红星网发布的新闻，为村民们提供丰富多样的学习资源，村民可以随时随地在手机上观看政策理论宣讲和红色小课堂，深入了解时事热点和国家政策，不断提升自身的政治素养和理论水平。

除了线上学习，村里还设置了线下党性教育点，如贾平凹书屋、立波擂茶馆、作家出版社书屋等。这些地方不仅是村民们休闲阅读的好去处，更是党性教育的重要阵地。村民们可以在这些教育点内与负责人面对面交流，针对学习中的疑问进行深入探讨，进一步加深对政策理论的理解和掌握。这种线上线下相结合的方式，使得清溪村的党性教育更加生动、具体，也更容易被村民们接受和喜爱。

党员评比部分则是数智小程序的又一亮点，评比标准涵盖了党员的学习情况、参与活动情况和治理表现等多个方面。小程序会展示评分前8名的党员，这不仅能激励党员们积极为村里作贡献，还能发挥党员的先锋模范作用，带动更多村民参与到乡村事务中。周俊说："党员评比和积分制评比的意义差不多，都在于鼓励党员村民积极发挥作用，协同村委共同推进乡村治理。"数智小程序的党建引领板块，通过

"立波擂茶馆"的老板

线上线下相结合的方式，不仅提升了党员村民的政治素养和理论水平，还增强了他们的责任感和使命感，提高了他们在村民中的威信和影响力。

同时，村"两委"充分利用数智小程序这个信息发布与交流的重要平台，不仅实时发布村里的最新资讯与活动信息，让村民能够第一时间了解村里的变化和相关政策，积极参与各类村级活动，还确保了信息的公开透明，增强了村民对村"两委"工作的信任与支持。

数智小程序上还有一个"随心拍"栏目，是村民们分享生活、展示乡村魅力的窗口。无论是身边的优美风景，还是村里的趣闻乐事，村民们都可以随时拿起手机拍下来，通过小程序分享给更多人。这不仅增进了邻里间的互动与交流，还让外界更加直观地感受到清溪村的独特魅力与活力。值得一提的是，数智小程序的第一个页面还贴心地设置了当日清溪村的天气和温度信息。这一细致入微的小设计，让村民在打开小程序的瞬间就能掌握当日的天气情况，合理安排出行与农事活动，为他们的生活和工作提供了极大的便利。

在清溪村，数智小程序已经成为村"两委"工作的得力助手，也成了连接村民情感、激发乡村活力的桥梁。通过积分制、党建引领、信息发布与交流及"随心拍"功能，数智小程序全方位、多角度地赋能乡村治理，提升村民的参与感和归属感。数智小程序不仅让村民们在日常生活中感受到村"两委"的关怀与认可，还激发了他们参与乡村事务的热情。未来，随着数智技术的不断发展和创新应用，清溪村的数智治理之路必将越走越宽广，为乡村振兴注入更加澎湃的动力，让清溪村焕发出更加绚丽的光彩。

文明实践，和美乡村

清溪村的基层治理还有一个亮点，那就是乡风文明建设。如果你到清溪村旅游，那么你的旅程将从一个特别的地方——清溪村新时代文明实践站开始，它坐落于景区入口，是游客步行进入景区的必经之路，也是展示清溪村文明风貌的第一个窗口。

一踏入文明实践站，我便被这里精心营造的氛围吸引，整个空间以绿色为主色调，寓意着生态和谐与生命活力，仿佛将自然界的清新与宁静带入室内，让人瞬间忘却尘嚣，心情舒畅。实践站内的设计细节处处体现着人文关怀与实用性并重：入门左边有两排书架，上面摆放着各类书籍；前台桌子上摆放着放大镜，方便视力不佳的村民阅读；一旁还放了一些网球拍、羽毛球拍等体育用品。这些看似微不足道的物件，实则是清溪村致力于提升村民幸福感、促进乡风文明的真实写照。

在大厅的正中央，一面巨大的电子屏幕滚动播放着清溪村的宣传视频，向每一位来访者生动地展示这个小村庄的历史沿革、自然风光、文化特色和近年来的发展变化。视频中的每一帧画面都是对"和美乡村"理念的生动诠释，让人不禁对这个小村庄产生更深的向往与敬意。大厅两侧矗立的两根柱子上，镌刻着醒目的红色名言，这些名言不仅激励着党员干部不忘初心、牢记使命，还默默地影响着每一位村民，营造出积极向上的社会风气。

文明实践站是清溪村"两委"精心打造的文化窗口，用以弘扬先进文化，提升村民知识素养。我们有幸跟随村委妇女主任汪娟参加了一次实践站的活动。走进活动室的第一感觉是干净又敞亮。墙上嵌着一整排窗户，装饰着复古风格的窗棂，室内整整齐齐地摆放着二三十把靠背椅，象牙白的瓷砖地面光滑得能映照出椅子的倒影来。活动室最前方有一张讲台桌，桌后的墙上挂着投影幕布，上面已经投放好活动要用的幻灯片，主题是关于社会主义核心价值观。

清溪村

亲国守会头富人水类地幼好让多本美
乡祖遵表带致里山分和爱务礼动忘溪
众爱要代要来故爱要林又服互活不清
溪党纪民员劳波家坂护老愿盾体了享
清爱法村党勤立家垃保尊志矛文富共

清溪村村口的村规民约展板

心明民分风荣承生新功风村村行风兴。

在分公本清光传卫气代家帮出康新振。

约应好是展最要讲空万好互莫健树必。

事做加洁道读户场愁承里纷安丧村

我们来得比较早，汪主任热情地跟我们打着招呼："坐吧，随便坐。"

很快，门外陆陆续续地来了不少人，常是"不见其人，先闻其声"，见面的寒暄和一串串笑声比脚步更先传到活动室里来。

"哎呀！你今天也来啦。"

"我也过来听一听，哈哈哈。"

他们当中有村委班子的成员，也有许多我们不认识的村民。大家进到活动室的样子像是来某个朋友家里做客，有的谦让着座位，有的在一起话起了家常，气氛很是轻松活跃。几分钟后，周俊主任走上讲台。他套上一件红马甲，胸前印着志愿者的标识。他站直了身体，看向大家，正准备说话，忍不住先露出了笑容，台下的大家也跟着笑了起来。

"好了，我们开始吧。坐在后面的记得拍几张照片。"周俊主任稍微调整了一下状态，宣布活动正式开始，大家也都安静下来。他两臂撑在讲台桌上，对着桌上的电脑宣讲内容，时不时和"学生"进行眼神交流。

待他讲完下台之后，一些人站起了身，大家又短暂地闲聊起来。他们从"普通话模式"一键切换到"益阳话模式"，回到最放松的状态，活动室再次变成朋友的聚会厅。虽然这场活动是教育讲座，但现场的氛围很轻松，大家从日常工作或生活中脱出身来，到这宽敞舒适的场地来放松放松。在活跃的气氛中学习知识，这种"松弛感"或许是村子里的生活基调。一阵欢声笑语之后，大家才一个个退场。

　　清溪村的文明实践，不仅体现在理论学习和政策宣讲上，还体现在村庄的每一个角落、每一项工作中。近年来，清溪村围绕"和美乡村"建设目标，不断推进农村环境整治、基础设施建设、公共服务提升等工作，努力打造生态宜居、产业兴旺、乡风文明、治理有效、生活富裕的社会主义现代化新农村。

　　在环境整治方面，清溪村坚持绿色发展理念，大力实施垃圾分类、污水处理、绿化美化等工程，让村庄面貌焕然一新；在产业发展方面，清溪村依托丰富的自然资源和深厚的文化底蕴，积极发展乡村旅游、特色农业等产业，带动村民增收致富；在乡风文明建设方面，清溪村注重培育文明新风，弘扬优秀传统文化，倡导社会主义核心价值观；在乡村治理方面，清溪村坚持自治、法治、德治相结合，构建了多元共治、精准施策的乡村治理体系。

　　清溪村的新时代文明实践，是和美乡村建设的生动实践，也是乡村振兴战略在基层落地生根的具体体现。它让我们看到了乡村文明的新气象、新风貌，也让我们对乡村的未来充满了信心和期待。

　　在党的引领下，清溪村在基层治理的道路上迈出了坚实的步伐，逐步走向乡村振兴的康庄大道。回望过去，清溪村的发展历程充满了探索与创新：从党建引领下的党群连心，构建起紧密和谐的干群关系；到青春力量的注入，为村庄带来了无限的活力与创意；再到数智技术的赋能，让乡村治理更加高效与透明；最后到新时代文明实践站的建设，为村民提供了丰富的精神食粮，也为村庄的和美发展注入了不竭的动力。如今，清溪村正以崭新的面貌，迎接来自四面八方的客人，展现乡村振兴的丰硕成果。展望未来，随着各项工作的持续深入，清溪村必将在"和美乡村"的道路上越走越远，成为乡村振兴的典范，为更多村庄提供宝贵的经验与启示。在这片充满希望的土地上，清溪村的故事仍在续写，而"和美乡村"的梦想也必将在党的引领下，一步步变为美好的现实。

（撰稿人：何佳璐）

后　记

　　湖南省益阳市谢林港镇清溪村，是作家周立波的出生地及其长篇小说《山乡巨变》和《山那面人家》等 25 篇短篇小说的创作地。清溪村是一个历史悠久的古村落，其历史可以追溯到新石器时代。6500 年前，在资江支流志溪河东岸形成了益阳最早的原始村落。清溪村以邓、周、卜三姓为主，占全村人口 50% 以上。据考，周氏为三国名将周瑜的后代，明代弘治初年由江西吉水迁至益阳谢林港。几百年来，清溪村以耕读传家，一直推行勤、俭、忍、让、孝、礼、义、耕、读的处世之道。清溪村有着光荣的革命传统，抗日战争时期建立了抗日游击队，开办了蔚南女中，这是中共益阳县委的重要活动场所。中共益阳县委书记林煦春、周立波妹夫雷夏都曾在该校任教，周立波前妻姚芷青也曾在这里工作。1948 年，清溪村村民邓梅魁在领导益阳农村"二五"减租运动时牺牲在此。

　　近年来，在中国作家协会的指导下，清溪村建立了 20 余家以当代著名作家冠名的书屋，与当地的自然人文资源和周立波故居一起，形成了独树一帜的"新时代山乡巨变"文学风景。周立波在小说里憧憬的"我要经我手把清溪乡打扮起来，美化起来，使它变成一座美丽的花园……"在新时代脱贫攻坚、乡村振兴的伟大实践中，正在成为美好现实。如今，清溪村已成为全国范围内颇具有影响力的"文学村庄"，是文学助力乡村振兴的典型。

　　2024 年暑假，笔者在中共益阳市委组织部的大力支持下，与其一起组织策划了"'党旗领航·山乡巨变'清溪村调研实践项目"，这既是以乡村为大学课堂，探索乡村振兴与实践育人协同发展的创新尝试，也是笔者主持的湖南省哲学社会科学基金重大委托项目"文史清溪研究"的"试验田"。笔者带领 6 名研究生、2 名本科生，组成了调研课题组，在清溪村开展了长达 2 个月的扎根式调研。课题组兵分两路，每天安排两名同学在清溪村村民服务中心轮流值班，其余人则深入村里的文化景点、田间地头、村民家庭进行田野调查。通过这次调研，我们深入了解了乡村的日常工作、村民的文化生活，全面了解了清溪村的发展信息，通过实践探索了文学赋能乡村振兴的方法与路径，真正践行了"把灵魂装进肉体里，把论文写在大地上"的学术研究精神。

　　在此背景下，笔者组织课题组在调研实践的基础上，撰写并出版了《走进清溪：当代青年大学生眼中的文学村庄》一书，从清溪村鲜活的事例切入，围绕红色底蕴、绿色生态、乡村振兴和基层治理这四个方面，探索清溪村乡村振兴的生动实践，以及村民在文学村庄建设过程中如何改变精神面貌，实现自身命运的转变。本书还运用大量的调研数据，结合文献资料、观察体验、采访记录等，详细地展示和分析了在乡村振兴战略背景下，清溪村在文化建设和文学村庄建设过程中所取得的经验与成就。

这既是一部全面展现清溪村文学村庄形象的作品，也是"新时代山乡巨变"典范清溪村系列研究的阶段性成果。本书不仅对清溪村的发展进行了梳理，还对它的文化内核进行了深入挖掘。在调研的过程中，我们从文学和乡村文化中汲取智慧与力量，在历史中传承文明与记忆，力图在当代谱写新时代山乡巨变的新篇章。本书立足于清溪村社会发展实际，以乡村建设为主线，系统梳理了清溪村在文化建设过程中的经验做法，为其他乡村的建设提供启示，也为我国实现农业农村现代化提供可借鉴的清溪经验。

未来，我们还将继续深入研究清溪村文化赋能乡村振兴成果，推动文学村庄建设向更高水平发展。本书即将付梓之际，感谢中共益阳市委组织部的全面统筹、悉心指导与对本书出版的大力支持；感谢中共益阳市委宣传部、周立波故居纪念馆对本书出版的大力支持；感谢清溪文旅集团在调研期间为课题组提供各种生活上的便利；感谢清溪村村"两委"对调研工作的重视与支持；感谢接受课题组采访的专家、领导、清溪村文学书屋管理员、村干部和村民；感谢参与调研与写作的各位同学。

最后需要说明的是，本书的写作建立在课题组的调研、访谈和观察体验的基础之上，若存在不当之处，烦请各位读者不吝赐教、批评指正。

邹理

2024 年 11 月 25 日